ぜんぶ愛。

安藤桃子

集英社
インターナショナル

ぜんぶ　愛。

安藤桃子

目次

第二章　なりふりかまわず

第三章　太平洋からいただきます

まえがき

映画のロケをきっかけに、「最先端はここだ！」と三秒で移住を決めた高知県。いつの間にやらここに暮らして足掛け八年。この間に結婚、出産、離婚と、女の一生濃厚凝縮、感情のジェットコースターの日々だった。人生の基盤を移したのと同時に会社を設立、街中に映画館をつくり、地元の主婦から農家、スーパー経営者、教師、学生までが参加する異業種チームを発足。文化フェスをオーガナイズし、畑を耕して大豆を育てて味噌を仕込んだり。気づけば世は、令和という新時代をとっくに迎えて、転換期に突入している。

今、物質的な足し算の限界点を超え、心の充足感や深さを求める人々が増えつつある。私自身がそうである。感覚的に移住を決めたものの、住んでみて徐々に自分が何を求めているのか、後追いで理解してきた。山、川、海の三拍子揃った高知県は、とにかく食の宝庫だ。高知市内のど真ん中に住んでいても、春夏秋冬、山に一歩入れば食べ物に溢れ、週七日、酔っぱらいが転がるような元気な街の中心に流れる川で、シジミや川エビ、時に一メートル級の魚が釣れる。「ちょっとそこまで柴刈りに」の日常的な気軽さで秘境に到達。朝起きて天気がいいからキャンプしよう！と、気分に合わせて大自然に回帰できる。家だって空き家だらけだから、ホームレスにもなりようがない。

この八年間、一時は海外も含めて月の半分は出張していた。子供が三歳になるまでは一時も離れないと決めて、全ての仕事現場に連れていく毎日だった。リモートワークになってからはほとんど高知から出ていないが、今も今までも、土佐の地を離れるたびに「行ってまいります」「ただいま」と、まるで父母に言うように声が漏れて涙がこぼれる。母と繋がっているように、私はこの地をへそとして、地球と繋がっていると感じるのだ。

困っていても、困っていなくても、突っ立っていれば誰かが必ず声を掛け、寂しいと感じる暇もナシ。うっかり困っていると言おうもんなら、「よっしゃ！」と、理由も聞かずに走り出す。走る高知県人のその背中に、何度「まって！」と叫んだことか。母子家庭になってからは、商店街のおばちゃんとすれ違うと、笑顔と共に自分の抱えている袋から野菜や総菜、駄菓子まで、ママチャリの籠に突っ込んでくれる。

時々、太平洋に燃え沈む夕日を背に、割烹着(かっぽうぎ)姿の婆ちゃんが釣り糸を垂らしている姿を見る。この婆ちゃんの食卓における豊かさのデータは、きっと日本の経済統計に入っていない。

私は今、驚くほどの安心感に包まれて生きている。

装幀　有山達也
中本ちはる（アリヤマデザインストア）
装画（カバー・表紙）　安藤桃子
カバー画『すべて愛。』（二〇二一年八月）
表紙画『Monster Portrait Series』（一九九九年）

第一章

案ずるより産むが易しと言うけれど

虹色キャンバス

「親の七光り」と、パソコンに打ってみる。父は俳優で映画監督の奥田瑛二、母はエッセイストでコメンテーターの安藤和津。私はいわゆる二世だ。

　この家庭環境がついて回る人生で、両親のことを意識しだしたのは五歳の頃。幼稚園のお友だちに「ももちゃんのパパ、テレビで見たよ」と言われ、街で突然興奮した表情の女の人に「握手してください！」と言われる父を見て、何かが違うと感じ始めた。私は良くも悪くも目立つ存在だった。良いことをしても、悪いことをしても「芸能人の家は特殊だから」と、私自身ではない、家庭環境で判断されたレッテルを貼られる。小学校に上がった時点で、自己を客観視する意識は完璧に芽生えていた。

　私は物心ついた時からアイデンティティを模索し始めている。父の独特な教育方針で、「一〇歳までに将来を決めて宣言しろ」というものがあったのだ。理由は、父自身が一〇歳で大友柳太朗に憧れ、映画俳優になると志し、その夢を叶えたから。この通告を受けたのも五歳で、その日から、この世にはどんな職業が存在するのか、自分は何をしている時が一番楽しいのかを考えるようになった。結果、「絵を描くこと」が一番好きだと、一〇歳の私は「絵を描くひとになる」と宣言した。

「私は何者か？」を、常に家庭環境とセットで見出してきた気がする。中学に上がった時、新入生たちが教室にやってきて私を見るなり、「なんだ、大したことないじゃん」と言い捨てた。確かに眉毛は繋がっていたが、余計なお世話である。芸能人の娘だからと親切にしてもらったこともあれば、いじめられたこともある。

そして父のスキャンダルが出た時、一瞬にして手のひらを返した大人たちを見て冷静に思ったのは、「ならば、私だけは家族を裏切らない」ということだった。出会った様々な大人たちを通して、自然とその人の本心や本音を探る人間観察の癖がついた。今となってはこれがドラマを描く時や、キャスティング、演出をする際の大切なツールだ。この、世間に対する疑心暗鬼と親がらみのコンプレックスは「七光り」という呪縛と共に、多感な時期の私をコントロールし続けた。志はハッキリしているものの、何をやっても自信が持てない。誰も私のことを知らない場所に行きたいと思い始めたのは、小学校低学年。自分に素直な評価を下してくれる環境は海外しかない！と、親に懇願し、義務教育が終わってからという約束のもと、高校一年生の夏、私は単身イギリスへと飛び立った。

オックスフォードの田舎町にある全寮制の寄宿学校。両親の呪縛から逃れたはずが、イギリスで待ち受けていたのは人種差別のいじめだった。持ち物が盗まれるのは日常茶飯事。

シャワーを浴びていると肌の色をからかい、カーテンを開けられるので、個室でバスタブを使うことにしたが、みんながシャワーを使っていると水しか出なかった。ちなみに、イギリスの水事情は中世から進化していない（個人的見解であります）。ボイラータンク方式なので、一定の湯量を使用するとあっという間に水しか出なくなるのだ。これは八年間のイギリス在住期間中ずっと向き合った問題だった。いい湯だな、やっぱり日本の風呂は最高である。

留学当初の季節は秋。寒いイギリスの田舎で暖房機もなく、寂しい心に空気の冷たさが沁みていた。ビクトリア時代に建てられた古い部屋には、天井までのびる大きな窓があり、窓の外には広い芝生と、真ん中には大きな木が一本生えていた。毎晩この木に向かってたわいもないことを話しかけ、支えてもらっていたことを今でも忘れない。自然は地球のどこにいても、変わらぬスタンスで迎えてくれる大切な友人だ。

無視や揶揄が続き、慣れない環境で三カ月後にはチック症と吃音を発症した私。お金をかけて留学させてくれた両親に、まさかいじめられているとは言えず内緒にしていたのだが、ある時久しぶりに電話をかけたら母にバレた。吃音がひどくなっていたのだ。さすがは江戸っ子母ちゃん、動きが早かった。翌日の飛行機に飛び乗り、学校に到着するや「てやんでぃ、お前さんとこの教育はどうなってんだ⁉　うちの娘を返せ！」と、ＳＩＲと肩書きの付いたプライドの高い教師に英語で捲し立て、その日のうちに私は最初の学校を去ったのだった。

　心身共に疲弊している娘に母は、帰国の選択肢を与えてくれた。たった三ヵ月で疲れ切った一五歳の私は、当然のことながら家族の元に帰りたい想いでいっぱいだった。しかし同時に心には、ささくれのように引っかかる何かがあった。どこに居ても指をさされる。日本を離れようが、どこに行こうが、与えられているテーマは同じだった。人生には選べないものがいくつかある。親、国籍、性別だ。ならば堂々と、それを選んで生まれたと言える人生を歩みなさい。母にそう言われ、変えるのは環境ではなく、自分の捉え方だと気づいた瞬間だった。私はイギリスでアイデンティティを確立するまで帰らないと決めた。

　留学をして、当初のテーマだった親を客観視することができた。海外で二世と言えば、人も羨む誇らしいことで、二世はみんな自慢げに親を語る。これは日本の価値観と真逆である。留学中に二世であることを誇らしく思うまでには至らなかったが、両親のことは初監督をした際に「煮ても焼いても二世。だったら上手く生かして、生きよう」と開き直った。

　七光りと言われるだけでショックで、心臓が止まりそうだった思春期、今は自由に描けるレインボーカラー、七色の絵の具だと思えるまでに。履かせてもらえるなら、下駄でもハイヒールでも、何でもお願いします。ただし履いた後が、肝心だ。

　冬場でも日に焼ける、刺すような日差しと、降ったり止んだりの雨。日照時間の長い高知には、よく虹がかかる。七色の狭間を見ていると、世界は無限の光と色のグラデーションだと気がついた。そのまま輝いていていいのだと勇気が湧いた。私は本当の自分になりたい。「絵を描くひとになる」と宣言した私は、「描くひと」になった。仕事としては映画監督だが、その中身が重要だと思う。新しい職業が次々と生まれる昨今、もはや肩書きはちょっとした自己紹介のヒントにしかならない。仕事は器のようなものだ。その中身、その心を生きようと思う。

箱の中身

五歳の私は毎日、カメラ片手にブラウン管の前に正座していた。月曜日から日曜日まで丸々一週間、全てのテレビ欄を暗記していた。超がつくテレビっ子だった。

祖母は番組が知りたい時、新聞をめくらず私に聞いた。番組を観始めると没頭してしまい、その熱中ぶりは瞬きすら忘れ、半開きの口からヨダレが垂れるほどであった。視聴中はもちろん周囲の音も聞こえない。台所から「ももこ〜」と呼ばれたくらいじゃ気づかない。両肩を摑まれ、「桃子！」と怒鳴る母の顔が正面に来て、はじめて我に返るありさま。

しかしある時を境に、ヨダレを垂らしている場合ではなくなった。興味のあるアニメやドラマの放送時間になると、カメラ片手に画面から一メートル離れた真正面にポジションを取り、正座。あとはひたすら心惹かれるワンシーンに出合うまで、私はドキドキしながらシャッターチャンスを狙うようになった。

結婚当初、本格的に写真に取り組んでいた父。マンションのバスルームを暗室代わりに、自身で現像もするほどであった。しかし、ほどなくして私が生まれ、現像液が危険だと暗室は再び元のバスルームに……。そして写真への情熱は8ミリビデオへと移行し、父は映像制作に没頭。余っていた35ミリフィルムで娘を遊ばせようと、全自動カメラをおもちゃ代わりに与えてくれたのだった。

今考えれば、なかなか贅沢(ぜいたく)な話だ。とはいえ五歳児。興味のある被写体を探せと言われて、思いついたのは大好きなテレビくらい。もっと他にもあっただろうが、父から散々、映画のフィルムは千年もつが、ビデオテープは目に見えて年を取ると聞かされていたので、大好きなテレビをフィルム写真で撮っておけば、その感動した瞬間を手の中に収められると本気で思っていた。この理屈は今でも鮮明に覚えている。

カメラを与えられた当初はチャンスを逃したくない一心で、シャッターを切りまくった。撮影したフィルムを現像に出してみると、そのほとんどがブレており、三本のフィルム中、気に入ったものはたったの二枚。それで父から次なる指示が出た。「むやみにシャッターを切るな。集中して、ここぞ！という時を待て。そのタイミングは心の中にある」。

その裏には現像代がバカにならない現実もあっただろうが、子供相手でも容赦しない父は、この言葉を渋い顔で真剣に繰り返した。とにかくシャッターを切りすぎると怒られるという圧を感じた私は、結果的に集中力を磨き、どれくらい心が動くとシャッターチャンスなのかを知ることになった。

なんだかものすごい感性の特訓のように聞こえるが、実際、私がシャッターを切ったのはほとんど、〝エロ〟シーンである。エロと言っても、パンチラやスカートめくりをされて赤面する主人公、ドラマのキスシーンや痴話げんかの後に盛り上がる男女の熱情などど、五歳児の観る番組内でのエロ。子供心にも男女間に何か独特の空気感が発生すると、だいたい彼らはキスや抱擁をすることを覚えた。

これは大きく、後の映画監督という仕事に繋がっている。今でこそデジタル化が進み、メモリさえあればいくらでもカメラを回すことができるが、フィルム撮影の場合はそうはいかない。写真と同じく、回せば回すほどチャリンチャリンとお金が飛んで消える音がする。そしてこの特訓は製作費の問題以上に、観る人の心に共鳴する感動を切り取るテクニックに繋がる。俳優はじめ被写体の輝く瞬間を引き出し、胸のアンテナを羅針盤にカメラを回す。そして「カット！」をかける。振り返れば、五歳の私は映画との向き合い方を教わっていたのかもしれない。

ところで、このテレビを切り取る趣味は、フィルム写真のコレクションが箱いっぱい千枚に達したある日、唐突に打ち切られた。現像費がバカにならなくなったためである。両親からは正直にその旨を伝えられ、カメラは没収された。残念だったが、撮り溜めたコレクションを眺めて、二度と出合うことのないだろうワンシーンの感動（ムラムラ）を反芻した。

子供というのは没頭するのも早いが、飽きるのも早い。すぐにまた大好きなお絵描きに戻り、小学校に上がってからは大相撲にロックオンした。大相撲熱は祖母と共通の趣味だったので息は長く、若乃花、貴乃花、通称若ちゃん、貴ちゃんの引退まで続いた。学校から帰り、ランドセルを下ろすのも忘れて台所へ直行し、小皿に梅干し、醤油をちょろっとかけたものを一本箸で突きながら、テレビ前に胡座(あぐら)をかく。特等席であるアームチェアに座り、私以上にテレビを愛して止まない祖母と一緒に「若チャーン！　貴チャーン！」と叫び、熱い日本茶を啜(すす)るのが至福だった。取組がヒートアップするほどにリモコンを持つ祖母・昌子の親指は連打を始め、音量はぐんぐん上がった。「男前」が大好きな生粋の江戸っ子だった昌子は、貴乃花が勝っても負けてもリモコンを肘掛けに叩きつけるもんだから、我が家のリモコンはいつもガムテープでベタベタだった。

ちなみに、昌子はリモコンのことを「チャンス」と呼んでいた（リモコン→チャンネル→チャンス）。ちょっとラッキーな響きである。ナタデココは「ココでナッツ」、タンドリーチキンは「テンドリチキン」と造語を次々と生み出し、江戸っ子なので、「ひ」を「し」と発音し、電話帳で「ヒガイさん」を引いてもいっこう見当たらず、「シガイさん」となって「シ」の欄に書かれているほど、何においても生涯オリジナルを貫いた。ちょっぴり下ネタ好きの祖母とは好きな番組の趣味もバッチリ合った。

　ベッドサイドに小さなブラウン管テレビを置き、つけっぱなしで寝ていた祖母。中学に上がった時、眠る祖母を覗いた夜があった。うとうとするその顔を、チカチカ照らす画面の光。テレビの中の明るい笑顔と、年を重ねた祖母の寝顔が対照的で不安になり、本気で祈った。どうかいつまでも、おばあちゃまと一緒に志村けんのバカ殿が観られますように。

　一九八二年生まれの私にとって、八〇年代、九〇年代のテレビは自由で、生き生きと映っていた。我が家は普段、テレビに布を掛けている。そして興味のある番組を観る時は、おやつとお茶を用意して、時には正座をして、娘と共に堪能する。テレビが家庭内で最高の娯楽であった時代を忘れなきよう、元祖テレビっ子は今日も愛の眼差しで液晶画面と対話するのである。

母なるバトン

一五歳で単身イギリス留学をし、大学卒業後に帰国。結婚して高知県に移住するまで、東京の実家で両親と共に暮らしていた。数年前に離婚し、シングルマザーになり今は娘と二人暮らし。朝、娘を幼稚園に送り届ければ夕方までは母のスイッチはオフ、集中して仕事をする生活の切り替えも板に付き、習慣リズムは固定され始め、この先もしばらくはこんな感じで時が流れていくのだろうと、漠然と考えていた。

二〇二〇年三月末、父が仕事でプロデューサーと共に高知県に来た。三日間の滞在予定の最終日、夜は一緒にご飯でも食べようと、娘も連れて居酒屋に行った。そこに東京のスタッフから連絡が入り、近々もしかしたら東京都は緊急事態宣言が出るかもしれないので、そのまま高知に居たらどうかという提案があった。一緒に居たプロデューサーも、今回は高知ベースの仕事ゆえ、奥田さんはこのまま居てください、ということで、とりあえず父は翌日の飛行機を見送った。すると仕事で大阪に居た母も、東京の家に戻っても一人だから、一度高知に寄ってから一緒に東京へ帰ろうと思い立ち、翌日、両親は揃って我が家に居た。そこからあれよあれよと、予定していた仕事もキャンセルになり、全国に緊急事態宣言が出された。帰れなくなった父母と高知県で暮らし始めて、気づけば六九日間同居した。

地方移住と聞けば「自然の中で、のどかに暮らす」イメージがある。ところがどっこい、私は高知市街地ど真ん中、地に足着けずのビルの五階に住んでいる。昭和に建てられた鉄筋コンクリートの我が家の台所からは、ぽっかり空いたビルの間に四国山地（高知の人は〝四国山脈〟と呼ぶ）が見え、山間に毎日夕日が沈む。のどかな山、川、海暮らしが理想だが、なかなか相性の良い物件と出合えず早七年。しかし住めば都、仮住まいが安住の地となり、今日に至っている。そういうわけで、決して広くはない我が家の人口が倍増した。

東京に緊急事態宣言が発令される直前、母が近所の親戚にお願いをして送ってもらった唯一のものがある。大阪に一泊出張の荷物のまま来た母が、パンツよりも化粧品よりも、まず心配したのが関東大震災の時に曾祖母が抱えて避難した〝糠床（ぬかどこ）〟だ。

一九二三（大正一二）年九月一日午前一一時五八分、大震災が起きた。ちょうどお昼ご飯の支度で台所に立っていたひい婆さんは、咄嗟（とっさ）に糠床を抱えて逃げたそうだ。この時臨月で、お腹の中には私の祖母・昌子がいた。明治、大正、昭和、平成、令和と時代を生き抜いてきた母たちが、毎朝毎晩手を入れ続けてきた糠床が、今ここにある。頭では分かっていたが、高知の我が家に糠が到着した時、ひい婆さんが命と共に胸に抱え走った愛のバトンを、やっと心で理解できたように思う。高知の春は日差しが強く、晴れていればけっこう暑い。糠床は、温まると元気になり、放っておくと漬け物はどんどん酸っぱく古漬けになる。母が近所の商店街で買ってきた琺瑯（ほうろう）の容器から、漬けておいたきゅうりの糠漬けを出すと家中が独特の匂いに包まれ、五歳の娘は「くっさ！」と鼻をつまむ。糠を洗い落とし、丁寧にキッチンペーパーで水分を拭き、斜めに切ってゆく。少し酸っぱくなったきゅうりの糠漬けをつまみ食いして、この世に生まれてきた命の尊さを実感したのは初体験だった。

先だって、祖母・昌子の弟である大叔父が他界した。お葬式で使った写真が高知まで送られてきたので、なんとなくその顔をじっと眺めてみた。そういえば、高知の家に仏壇がないなと気づき、実家の仏壇で遺影に収まる亡き家族たちに、無性に逢いたくなった。東京に帰っていた母にすぐさま遺影を写メしてもらい、それをプリントアウトした。ズラリ揃った父方・安藤家と母方・荻野家の皆様。写真は時代も様々で、古いものは昭和初期であろうモノクロ写真。生まれた頃から同居し、自宅で看取った祖母も着物姿で笑っている。そこに大叔父も置いてみた。偶然にも、隣には糠床を抱えて逃げたひい婆さんがいた。写真の年老いた大叔父にも、母に甘えた幼少期があったのだ。その顔がみるみる子供に還り優しくなった気がした。

高知の山間部などの古い家を訪れると、今でも先祖の写真が仏間の鴨居に並ぶ家庭が多い。物件を探していた時にも、空き家に残された代々の遺影をよく目にした。今は亡きその人たちは皆真剣な面持ちで、滅多に笑ってはいない。子供の頃はそういう写真を見ると、なんだか幽霊に睨(にら)まれているような、生きる厳しさを感じて、少し怖くて緊張したものだ。大人になった今、その厳しさの片鱗(へんりん)くらいは経験したからだろうか、怖さ以上に尊さと有り難さに胸がいっぱいになる。どの時代にも、何があろうと生を諦めず、母なるバトンを渡し続けた結果を今、私は生きている。

黒髪を後ろでお団子にくくり、眼鏡をかけた若かりし頃のひい婆さんが、台所に立つ。朝から降っていた雨は晴れ、接近していた台風による強い風が南から吹いている。火を焚(た)けば、まだまだ汗の吹き出る季節。煮立てぬように弱火にし、丁寧に味噌をといていたのだろうか。手を入れた糠床から取り出そうとしていたのは、きゅうりだろうか、茄子(なす)だろうか……轟々(ごうごう)と燃える野原で、どんな未来を想像したのだろうか。

「世界平和は家庭から」と書かれた玄関マットを見たことがある。生活というものを真剣にやってみると、ケンカもするが、協力し合い、日常の中に学ぶことは尽きることがない。生きることの忙しさの本質は、命を健やかに動かすことなのだと、家族に気づかされた。

今までも家族間で何か感じたことがあればとことん話し合い、時には家族会議で本音をぶつけ合い、向き合ってきた。しかし外出もままならない状況の中での急な同居である。嫌でも顔を突き合わせているうち、互いに見過ごしてきた塵や埃が浮き上がった。その塵を「嫌だ」「汚い」と言いながらも丁寧に拾い上げ、最後は孫の笑顔を通して愛の炎で焼いた。

突如訪れた新生活というものを、世界中の多くの家庭が一斉に経験した。それぞれの立場で、目線で、通り抜けているこのトンネルは、いつか必ず抜ける日が来る。過去に戻るのではなく、進化した姿で新世界にどう生きていたいか。未来を描くのは今なのだと、強く感じている。

奥田家の伝統

姉、桃子一〇歳。妹、さくら六歳。父、瑛二は四二歳でブイブイいわせていた頃のこと。我が家には毎晩のように、若手俳優など、今で言うクリエイターがわんさか来ては宴会をしていた。奥田家はオープンハウス方式で玄関は開けっ放し、父の付き人さんが四六時中出入りして、二四時間いつでも来客ＯＫだった。私たち姉妹も付き人のお兄ちゃんたちになついていたし、母と祖母は旅館や相撲部屋の女将の如く毎晩急な来客の対応と飯炊きに大忙しの日々だった。

大晦日には毎年一〇〇人以上が出入りし、小さなマンションの部屋に入り切らない客が、玄関外のエレベーター前まではみ出して酒を酌み交わし、姉妹の二段ベッドや廊下にも酔っ払ったオッサンがトドみたいに転がり、何人かは三が日の間ずっと呑み続けていた。ある時は、誰かがエレベーター前で「くさや」を焼いたもんだから一〇階建てマンション中が異臭騒動。

「解散」という言葉がそもそも辞書にないらしい映画人の酒の呑み方は、とにかく「長い」。

昼から始めても、日が変わり私たちが登校するまでなんぞは当たり前。毎朝どこかの誰かがリビングでひっくり返っているのを跨いで姉妹は学校に行っていた。友だちの友だちはみんな友だちという、笑っていいとも的なルールのもと、二〇年近く続いた奥田家の宴会出席人数は、のべ数千人はくだらないはずだ。

　夜ごと繰り広げられる宴会中に、姉妹が布団に入る時間が来る。大人たちが映画や芝居談義をする声を子守唄に眠りに入るのだが、時に、〃パジャマ姉妹〃は酔っぱらいたちの恰好の餌食だった。現在進行形で孫にも効力があり、我が家に伝承されている「ゴロゴロさん」という妖怪がいらっしゃる。このゴロゴロさんは寝ない子が居ると、壁やドア、襖などをガタガタ言わせて攫いにくるのだが、さすがは俳優、父の脅し方は天下一品。「ゴロゴロさんが来るぞ～」の合図で誰かが電気を消すと、つられた俳優陣が次々と本気で芝居を始める。暗闇の中、物音を立て恐ろしい叫び声を上げるのだが、その恐怖たるや、全く子供向けではない。調子に乗った座長・瑛二がおもむろに、酒のあてに置かれた揚げ煎餅を二本手に取り、両方の鼻の穴に突っ込んだ。この、鼻に刺さった煎餅を食べれば、ゴロゴロさんは退散するというが、そんな呪術、聞いたこともない。どんどん、がたがた、ぎゃ～！と、若手俳優陣による演出が加速する中、父の大きな鼻の穴に突き刺さった煎餅を、ゴロゴロさんに御退散願いたい一心で、姉妹でそれぞれ一本ずつ抜き取って食べた。あの

〝しょっぱい呪術〟の味は、忘れがたい。

奇妙な我流の術が得意な父は、足の裏の皮が固い。この皮は定期的にカッター等で削らないと歩く時に当たって痛いらしく、年に数回削り取っている。この皮を「お守りだ」と、小学校の入学祝いに定期入れに差し込まれたことがある。通常の「お守り」の概念がなく、とても嬉しかった私はすぐに担任の女性の先生に意気揚々と自慢してみせた。先生が度肝を抜かれたのはいうまでもない。呼び出された母も、面食らったそうな。

家で宴会がない日も、父は大抵ベロベロの朝帰り。母が出張で不在だと、決まって明け方に叩き起こされ、父の「ラーメンを食う姿」を見るためにダイニングテーブルに座らされた。夏になると、アイスキャンディーの洗礼という儀式もあった。朝帰りした父は何故か勉強部屋に布団を敷き直し、姉妹を並んで寝かせ、足下に回転椅子を置き、その上に絶妙なバランスで立った。バニラ味のアイスキャンディー片手に「洗礼だ！　これで良い夢が見られるだろう」と、溶けかけたアイスを振り撒かれるのだ。顔面ベタベタ、こんな洗礼を受けず安眠していたほうが、確実に良い夢が見られたと思う。両腕を羽根のように広げアイスキャンディーを振り回す父の姿は、朝日に照らされて幻想的だった。今想えばラーメンもアイスも、一人で食べるのが寂しかっただけだと察することができる。

千客万来、昭和の長屋のような実家には、思わぬ客が舞い込むこともある。深夜、何やら聞き覚えのない甲高い女性の泣き声で私は飛び起きた。隣で寝ていた母もビックリして目が覚めた様子で、「あなたたちは寝ていなさい」と、寝室から出ていった。そう言われて、じっとしている子供はいない。好奇心旺盛な私は抜き足差し足、声のするほう、リビングを覗いた。黒いレースのブラジャーに小っさいパンツというセクシーな出で立ちの女性が、聞いたことのない言語（本当は南米系の英語だった）で号泣しており、そこにガウン姿の母と、パジャマの父も居た。「こりゃ一大事」と察し、息を呑んで廊下に突っ立っていたら、気づいた母に寝室に連れ戻された。てっきり父の浮気相手が乱入したのかと、這いつくばってドアの隙間に耳をくっつけたがどうやら違うらしい。隣のマンションに住む外国人の女性で、凄まじい夫の暴力から着の身着のまま逃げ出し、パニック状態でうちのマンションに駆け込み、片っ端からドアを開けたら我が家だけ鍵がかかっていなかったそうだ。その後近くの交番に連絡を取り、無事に保護された。不用心なオープンハウスならではの珍事件だが、この女性が危機から逃れることができて、何より浮気相手の襲来じゃなくてよかった。家を開放していると、鬼も内、福も内、万事オーライである。

父の影響で野球が大好きだった私は、読売ジャイアンツのファンだった。中学に上がり野球部に入りたかったが、女子校につきソフトボール部しかなく、そこに入部した。これには元球児の父も燃え、すぐにグローブを買いに連れていってくれた。新しいグローブをはめると早速、マンションの駐車場で個人授業が開始された。はじめは緩い球を投げてくれていたものの、私の上達に比例して距離も長く、スピードも上がり、気づけば父は本気になっていた。ピッチャー奥田の細長い腕が大きく振られた、渾身（こんしん）の一球。重い球が低空飛行で、回転しながら向かってきた。新人、桃子はそのまま鳩尾（みぞおち）あたりで受け止められると思いきや、キャッチ直前、グリンッ！と急カーブしてワンバウンド！　元野球部の時速一〇〇キロ近い豪速球が、私のアゴと鼻を大ヒット。本気スイッチの入った父は、思わず球にひねりを利かせたカーブを一投。鼻血を垂らす私を前に「子供みたいに、顔面で受けてんじゃねえ！」（子供です）。私が泣くと「女みたいにメソメソしてんじゃねぇ！」（女です）。とんでもない鬼コーチ。俳優はいわば、なりきる仕事。家庭や日常生活に「役」を持ち込むタイプの父なのである。

　映画『千利休』の時は一年前から茶道を始めたのはもちろん、日常生活もふんどしと着物で暮らすという徹底ぶり。白い越中ふんどしをタオル掛けに吊るしておくもんだから、知らぬ私は毎朝それで顔を拭いていた（ちょうど股間の部分）。外科医の役を演じていた時には、これまたタイミングよく指をギターの弦でバッサリ切る大けがをした私。母は病院へ連れていこうとしたが、父は「オレが縫う」の一点張り。結果、父に傷を縫合され（もちろん麻酔なし）、抜糸もされた。「この経験は私に生きる力強さと忍耐力を与えた」とでも思わなければやってられない。＊注：良いオトナは絶対に真似しないでください。

　色男を演ずる時は銀座の高級クラブを片っ端から呑み倒し、後日届いた請求書を見た祖母と母は「ゼロ」を、いち、じゅう、ひゃく、せん、まんと数え、その桁はなんと八桁台で仰(の)け反ったそうな。病める時も、遊ぶ時も、叱る時も常に父は「本気」なのだ。これを愛と言わずして何と言おう。

　極道、医者、牧師、詐欺師、色男、僧侶、宇宙人、何でもこなさなければプロとは言えないが、共に暮らす家族も大変である。蛙(かえる)の子は蛙と言うが、反面教師という言葉もしかり、子は親を見て学び、進化もする。俳優業に就いた妹にはしっかりと切り替えスイッチが搭載されている。ちなみに、妹も父の「本気」スイッチの被害者。学芸会の演目「夕鶴」でおつう役を演じることになった妹。母が台詞をちょっと聞いてあげてと軽くふったのが運のツキ。夕飯も家族全員おあずけ状態。「小学生みたいな芝居すんじゃねぇ！」「小学生です……」「学芸会やってんじゃねえ！」「学芸会です……」。まるでコントである。

　幼少期からベロベロになる大人たちを見て育つと、酒に対して冷静になる。「あのようには、なりたくない」と思った回数が多いほど、賢い飲み方を学ぶのかもしれない。奥田家の伝統だった大宴会も、祖母の在宅介護をきっかけに終了した。

　育った環境が呼ぶのだろうか、通りすがりに、泥酔して転がる人を介抱することが多々あるが、そのたびに懐かしい大人たちの喧噪(けんそう)が蘇り、胸が甘酸っぱくなる。

昨今の都会暮らしでは、隣近所の顔も知らないと聞く。鍵をかけないと物騒な世の中だが、鍵をかけなくても大丈夫な世の中に生きられたらと願う。

ススメ食いしん坊道

自分の特徴をひとつ挙げるなら、超がつくほどの「食いしん坊」である。中学、高校の弁当箱は校内一ビッグなガテン系アルミ製のドカ弁に、おかず用の二段弁当、さらに売店でパンを数個買い、家では残り物を食べ切ってくれる人間掃除機として重宝され、母になった今も一食一合の米は当たり前。朝食も和か洋か迷ったら、白飯の後にトーストという食文化制覇を目指す。うどん、焼きそば、お好み焼きの粉ものにライス大盛りは当たり前、キムチチャーハンに白飯という意味不明な組み合わせもアリだ。

熱いものは「はふはふ」、上アゴのやけども気にしない。新鮮な野菜は「パリパリ」、むしゃむしゃ、ボリボリ、ごっくん。生きる実感をアゴで味わう。テレビの大食い選手権が大好きで、漫画のように美味（おい）しそうにモリモリと食べる人を見ると元気になる。

私の大食いは生まれながらのことらしく、お母ちゃんのお乳も大量に飲み、なんと三歳までむしゃぶりついていたそうな。離乳食の食べ方も独特で、米は顔に塗りたくり、うどん等の麺類は一旦頭に載せて、顔を伝って落ちてきたところを啜（すす）るという斬新なものだった。三歳までなかなか毛が生えなかったらしく、ほぼツルッパゲの頭にうどんを載せている証拠写真があるが、白いニョロニョロはドレッドか、はたまたメデューサか……微妙なところだ。

育ててくれた両親を想うと、一食ごとの地獄絵図に頭が下がる。この、〝うどんを頭から食らう〟感覚は今でも覚えている。食べ物の感触を舌だけでなく、全身で体験したかったハタ迷惑な幼少期。両親の苦労を棚上げすれば、まさに、栴檀（せんだん）は双葉より芳しである。

そんな私はある時期から徐々に食感と味覚に敏感になった。「おいしい」とたらふく食べることも幸せだが、一種究極の「おいしい」に辿り着いたきっかけとなる経験があったのだ。それは、母が健康のためにやろうと決心した断食。桃子も一緒にどう？　と勧められ、一六歳の春休み中に一週間、水と塩のみの断食をしたことがある。どちらかというと、未知なる冒険が好きな質（たち）。断食も、一週間食べないなんてとんでもない！　と思った瞬間、逆に「やってやろうじゃん！」とヤル気と負けん気が湧き立った。

初日はお腹が空くものの気合いがあったので、なんなくクリア。いけるぞ、と思った翌日からが欲望大噴出、大葛藤の始まりだった。何をしていても食べ物が脳裏に浮かび、苦しいのである。目を閉じればラーメン、寝ても覚めてもカレーやピラフ、知っている限りの食べ物の亡霊につきまとわれるのだ。腹が減ると人は切なくなるもので、街の飲食店から漂う美味しそうな匂いに胸が締め付けられ、焼き鳥屋の煙に涙した。道行く人々はみな満ち足りて幸せそうに目に映り、そんな自分を情けなく感じる始末。二日目と三日目は夢に銀シャリと味噌汁を見た。しかし不思議なことに、四日目からは空腹を感じなくなり、身も軽く、最後の数日はいつも以上に元気に走り回った。何より思考が軽く、メソメソしていたのが嘘のよう。食いしん坊のハードディスクの三分の一は食欲。寝る前に朝食のことを考え、朝食後には昼食、昼食後にはおやつ、おやつ後には夕食、そしてまた朝食と、四六時中「食べること」を考えていた自分に気がついた。

日常でオートマチック化された思考回路が一掃されたら、集中力も上がり大きな余裕が生まれ、自分の思考がクリアな状態を知ることができた。そして断食開けに食べたお粥（かゆ）と、味噌汁が、どれだけ五臓六腑（ごぞうろっぷ）に沁みたことか！　白米一粒の甘さや、一滴の醤油に大豆の味まで感じて涙が滲（にじ）んだ。この「美味しい体験」が忘れられず、それからも米一粒に「うまい！」と全身全霊、細胞が歓喜する感覚で食事をしたいと、断食開けから、我が食いしん坊道は「味覚を研ぎすます」方向に転換していったのである。

とはいえ、人間は欲望のジェットコースターに乗る癖がある。高知県に住んでいると新鮮な食材が豊富ゆえ、日々の楽しみは料理になり、あれこれ食べすぎることのほうが多くなる。特に、米。あまり知られていないが、高知県は地域にもよるが、日照時間も長いので二期作である。シャキッと、しかし甘みもある中に、香り米という独特な米を足したブランドが主流で、香ばしいような、少しエスニックにも感じる香り米はおかずの味も引き立ててくれる強者。ちょうどいいパンチ力がいかにも土佐らしいお米だ。土佐の海水を、山でお日様に当てて作ったお塩をひとつまみ。香り米の塩むすびだったら娘も三つはペロリ。毎食、あっという間に腹八分目は通り越す。そこで、食への感動が薄れてきたと感じたら、すかさずプチ断食をして感覚を取り戻すようにしている。

ところで、大人になってから知ったことだが、食べないことが身体にもたらす恩恵の数々には驚いた。普段消化に使っている酵素の八割を、修復や解毒に回せるらしく、とんでもなく身体がクリアになる。おマケは肌ツヤにも反映されることだ。なので、風邪気味の時は夕飯抜きで寝る、これが私流、風邪の治療法である。

実は今日はプチ断食四日目で、先ほど復食として玄米粥を二〇〇回嚙み嚙み、いただいたところ。どんな薄味でも塩味も甘みも舌がしっかり捉えて、涙が出るほど「うまい！」。一粒の命を嚙みしめ、今日も元気に「いただきます！」。

「枯れ木に花を咲かせましょう！」の台詞で有名な花咲かじいさんだが、似て非なることをやらかした経験がある。本人に記憶はない。ちょうど一歳になった頃のこと。うっかり私から目を離していた母。あれ？　桃子がいない！　と思ったが、いつもはうるさい赤ん坊が、妙に静かだった。一体どこへ行ったのかと、奥の仏間を開けてビックリ、その場で凍り付いたそうな。オムツを外して下半身すっぽんぽん、床や壁やら、そこら中に自分のウ◯コを塗りたくり、仏壇の灰をキャッキャキャッキャと振りかけていた。このエピソードを聞いてからというもの、親になった今、「花咲かじいさん」を読み聞かせするたびに、花ではない匂いが漂ってくる気がする。

頭からうどんを食らうことはお伝えしたが、両親はこの独特な食事スタイルの子供を外食に連れていく強者だった。しかも寿司屋のカウンターに。もちろん、何も起きないわけがない。父に抱っこされながら、時々口にかっぱ巻を入れてもらっていた私は終始ご満悦で、珍しく大人しかったそうだ。夫婦の会話も弾み、無事食事が終わり、大将にお礼を言ってカウンターから立ち上がった瞬間、両親の目に入ったのは、見事な「米アート」。隣に座っていた男性の黒い背広の肩に描かれた、無数の白点。長時間大人しかったのは、お隣さんの肩に一粒一粒、米を丁寧に貼り付けていたからだった。

成長してからも、やることに大した変化はなく、美大生時代には、ベイクドビーンズを動物の毛皮にぶちまけたり、ゴミ箱から拾ってきた大量の古着を、二メートル四方のキャンバスに括りつけ糊で固めたり、米アートの集中力は細密画という表現方法で発揮した。芸術は爆発だ。卒業制作は一年半毎日描き溜めた、「想像上の友人たち」を巨大な変形の額縁を作り納めたものと、頭の二つ付いた「双頭の犬」の銅像だった。

今でもロンドン郊外に倉庫があり、そこには当時の作品やスケッチをはじめ、拾ってきた家具や雑誌が置いてある。置きっぱなしはいけないと、一度船便で送ろうとしたが、国同士の貿易条約に引っかかるものが紛れ込んでいるため、発送できても受け取れない可能性があると連絡が来た。そんな危険物なんて入ってないぞ！と思い、一体全体何が引っかかるのか、ちょうど良いタイミングでロンドン出張が入ったので、倉庫のある輸送会社まで調べにいった。一人では不安だったのでイギリス在住の友人に付いてきてもらい、電車を乗り継いで郊外にある日系の輸送会社まで行くと、大変丁寧に個室に案内してくれた。貿易に引っかかるものを早く教えてもらいたかったが、真面目そうな日本人の担当者は苦笑いをするだけ。「安藤さんの大切なお荷物を保管させていただいている倉庫を、一度見にいきましょう」と誘われた。これは、危険物を自ら取り出させようという魂胆か。「危ないもの」を所持していた覚えは全くないが、まさかここで逮捕でもされたらどうしよう。付き添いの友人も不安げな表情である。個室から倉庫までの無機質な廊下がとてつもなく長く感じられる。危ないもの、危ないもの……エジプト土産にもらったとんでもなく臭いサメの剝製だろうか、食べにいったスッポン料理屋から持ち帰ったスッポンの骨か、感動するほどリアルにできた拳銃もあった。もしや、例のベイクドビーンズの作品が新種のカビでも生み出したか……など、頭の中では過去の記憶がぐるぐる回っていた。

倉庫に入ると「こちらです」と、段ボール一箱が手渡された。友人と顔を見合わせドキドキ……箱を開けるとドッサリ出てきたのはエロ本の数々。赤面した担当者は、気まずそうに「これが貿易にひっかかりまして……」。こういう時は、何を言っても言い訳にしか聞こえない。口を開くだけ野暮である。黙って箱を閉め、「廃棄でけっこうです」とだけ言った私。なので今、言い訳をさせていただく。当時私は美大生。資料としてあらゆる雑誌を収集していた。もちろん、エロ本だって貴重な資料である！

表現の自由はどこへ……。

夢日記

幼少期から、毎晩私は夢を見る。小学校で授業中に魂が抜けて先生に怒られた時も、あれはたぶん白昼夢を見ていたのだと思う。先日も友人と話をしていたら、「桃ちゃん、時々どこかに飛んでってる」と言われ、まだまだ〝抜け癖〟があると実感した。

子供の頃から見続ける夢があまりにも現実的で鮮やかで、朝目覚めてもなかなかリアリティに戻ってこれず苦労した。眠りに落ちるのが楽しみで、大学時代の二年間不眠症に陥った時以外は、目覚ましがなければ永遠に眠れてしまう性質（たち）。そして眠りの中、全力で別の人生を生きてから起床するので、時々すごく疲れていることもある。これが娘にも遺伝した。我々母娘の三年寝太郎っぷりは立派なD・N・Aか⁉「おきろ〜！」、どれだけ怒鳴ろうが、真冬に窓を全開、布団をひっぺがそうが起きない我が娘である。幼稚園に遅刻しそうな時は寝たまま制服に着替えさせ、顔を拭き、抱きかかえてタクシーに乗ったことも。起きてくれる時は、味噌汁や雑炊をかっこんでもらい出発するが、たいがい、支度が間に合わないので、どうしても朝食はおにぎりになる。しかもママチャリの後ろで。

私と同様、あまりに夢抜け（寝起き）が悪いので、あの手この手、あらゆる手段を試みた。「まあ素晴らしい朝！　お日様もにっこにこ」なんて台詞を言ってみたり、大音量で三度の飯より好きなディズニーの音楽をかけてみたり、甘い物を口に入れてみたり。飴が効かぬなら鞭だと、冷たいタオルで顔を拭いたり、こちょこちょ攻撃を食らわせたりもしたが、全敗である。よく、子供が早起きで親が寝不足になると聞くが、そんな経験は一度もない。赤ちゃんの頃は、よく寝てくれる親孝行者だった。しかし、もうすぐ小学生、このままでは親子揃ってオタンコナスだ。この悩みを母に打ち明けると、「どの口が愚痴ってんだい」と、鼻で笑われた。はい、すみません、まこと、我が身を見ているようでございます。

この寝坊助ぶりは筋金入り。母も同居していた祖母も、一〇年以上、私の「起床の乱」に振り回されてきた。私の前に来れば、目覚まし時計は全くの役立たず。警報の如く、けたたましい音にも三日もすれば慣れ、どんな音でも安眠のためのBGMに。江戸っ子でラテン気質の祖母は、洗面器に水を汲み、まずは顔面シャワー攻撃。それに続いて、「孫の手」で容赦なく尻を突つかれた。やっと起き上がったと思えば、私は二段ベッドの梯子（はしご）にぶら下がってでも眠るしぶとさ。元応援団長の母の怒鳴り声にも負けず、トイレに入れば便座の上で眠り、制服に着替えて廊下で行き倒れ状態。床をズルズル引きずられ、座らされ、朝食を前にすれば半分寝ながらおかわりまでしていた天晴（あっぱれ）な食い意地。食べ物を口にしてやっと、ひと噛みひと噛み夢の世界から脱却していたのだ。ランドセルを背負って靴まで履いて、玄関で寝ていたこともある。学校に行ったと思っていた母は、行き倒れの娘を発見して絶句、叫び声を上げた。毎朝一時間以上、この戦いを繰り広げていた母と祖母に心から感謝し、かつ同情している。

その昔、夢日記なるものをつけていたくらい、夢の世界が大好きだ。娘も夢の続きと現実がスライドするように、起き抜けに「お空に行ったよ、女神様とキティちゃんとミニーちゃんと、ママもおったで、楽しかったね」と言ったりする。行ったことのない場所、会ったことのない人たちに出逢え、時には他の惑星に生きているかのような未知の空間、心動かされる鮮やかな夢の世界から中途半端に起床するのは名残惜しい。夜中に爆笑する自分の笑い声でハッと目覚めたり、知らない誰かと恋をして切なさで涙を流したり、現実とはまた別の波瀾（はらん）万丈を体験できる。寝言に返事をするなとか、夢は覚えておいてはいけないとも聞いたことがある。夢と現実との境目が分からなくなり、精神的にバランスを崩すんだとか。

夢は霧のように掴めない。寝ぼけ眼では覚えていても、目覚めと共に思い出そうとするほどに消えてゆく。デジャヴをよく体験する私はある時、嬉々としてそのことを大学の先生に話したことがあったが、とてもドライだった先生はこれを「通常の認知メカニズムで、脳が自動的に似たような過去の経験を想い出しているのだよ」と言った。その時十代後半だった私は、大切な世界を壊されたような気がしてショックだった。なんとかデジャヴを立証したいと思い立ち、夢日記をつけ始めたのである。

枕元に分厚いノートとペン、一気に目覚めぬよう明るすぎないランプと、ノートは図も記録できるように線の引かれていないものにした。夢と夢の間に意識が戻ると、真夜中でも日記帳を手に取り、半眼状態で書き記した。書き始めた当初は想い出そうとすればするほど、夢は記憶から消えていったが、徐々に開発されてか、次第に夢の出来事が頭脳の一部に印刷されるようになった。練習することによって、見た夢を鮮明に思い出すことができるようになるのだ。今では書き記さずとも鮮明に記憶できるようになっているので、自分で意識的に消さない限り物語は引き出しにストックされ続ける。映画『インセプション』や『マトリックス』『未来世紀ブラジル』など他人の夢に入り込む作品があるが、是非皆様にも私の夢の一片をご紹介したい。一五年前の当時、朦朧（もうろう）とした中での走り書きをそのまま記載させていただくが、少々グロテスクなのでご注意ください。

向かいに住んでいる一四歳くらいの少年に恋をするが、接触もあまりしたことがない。

窓越しに恋をしているが、何ヵ月か後に彼は自殺しちゃった。

彼の部屋に行ってみると、死んだ後も生きていた時のままで、机の上に私の写真がある。

かなしい、切ないゆめ。

その子の家族とも会う。弟は私に冷たい視線を送る。風呂で何故か外国人の一番小さい弟と遊ばなきゃいけない。

生きているうちに全ての人に思いを言葉で伝えよう。ありがとう。ありがとう。ありがとう。向かいの少年。

グッド・バイ。

＊

おでんを取る時、コンビニの兄ちゃんが指を汁の中に浸(つ)けて嫌だなと思った。自分で取りますと言った。こんにゃく三つ。ジンジャ（我が家の黒猫の名前）を抱っこしていた。

妹のチャリのかごの中におでん。ジンジャが白いプードルになってた。

地下鉄に三〇〇人以上の人。線路にも横になっている。死んだ人と生きた人と。黒人のおばちゃんがインタビューに答えている。嘔吐(おうと)物のにおいが充満。

コンビニの兄ちゃんの指が入った汁もおでんも、死んだ人も生きた人も黒人のおばちゃんもみんなが繋がってる。

オニヤンマのでっかい目玉がグルリとまわる。庭の垣根の向こうのおじさんは、オニヤンマに変身して他のオニヤンマとキスをするのが日課だ。でも、相手を食っているようにも見える。革命の後は皆ひもじい。

イギリス革命の時、おばあちゃんは大変で、みんなが残した汁を集めて、私は分け与えられたものを飲んでいた。でもそれは吐き気がするほど臭くて臭くて。牛や豚の内臓、獣の匂いがしていた。だから私は、今日からコーンを主食にベジタリアンになるよ。おばあちゃん安心してね。

＊

幼、小、中、高、大学まで、その睡眠飢餓症状が改善されることはなかったのだが、仕事を始めたとたん、目覚ましひとつで飛び起きるようになった。それは社会人としての責任感のスイッチが入ったからなのだろう。ベストな睡眠時間は八時間と言われるが、それでは夢によって〝尺〟が全然足りない時もある。まさに映画、現実世界で脳波をとれば数分の短い夢でも、その内容をたどれば数時間にも及ぶことがある。短編映画でも眠たくなるほど長く感じる作品もあれば、長編でもテンポよくあっという間に終わることもある。ゴダール作品なんかはもはや瞑想、観終わっても永遠に続いている深い感覚が残る。気が重いことは長く、楽しい時間はあっという間、時間とは点を感性で捉える感覚なのだ。ぱたぱたと変化する夢は幻影なのか、しかし幻影の奥にはいつも己の姿が座っている。ひっくり返して逆転させたら、胸に広がる世界は無限大。胸の映写機が光を放ち始め、その強い光は美しき世界を見せてくれる。あたたかな心の本体は、幻を現実に映し出すことができる。

意識と無意識の間で起こることや、純粋な子供の頃はほとんど夢と現実の狭間で行動したり、物事を捉えていると思う。大人になるとそれができにくくなり、無意識を意識することが難しくなる。うたた寝している時の感覚が本当なのではないかと感じることもしばしば。その潜在意識の領域に繋がり、さらに自分自身に向き合って全てを出し切ることが、物語を創る時の姿勢だと思っている。それは嘘をつかないということでもある。そういう意味で夢日記は良いマテリアルだ。元々ヴィジュアルの人間、脚本を書く時も画(え)から入り、画を紙に落とし、そして言葉に変換するという作業の繰り返しである。

毎日夢を見ている私はふと思う。人生の三分の一を眠っている我々の心は、生きている以上休むことはないのだ。死してはじめて永遠の休息が訪れるのか、はたまた死は永遠のはじまりなのか。はじまりならば、良い夢を見たい。

案ずるより産むが安しと言うけれど

物事にはたくさんの選択肢がある。もっと言えば生きる全てが選択の連続だ。朝だって起きずに寝たままでもいいし、顔も洗わなくてもいい。鼻が痒かったら指で掻いても、ボールペンで掻いても、あるいは掻かなくたっていいはず。それでも我々は「こうしたい」という意志のもと、無意識でも選択し続けることで前進している。そんな無数の選択肢の中でも独断で決めにくいのは、結婚式と出産かもしれない。家族や夫婦間に価値観の違いがあれば向き合って解決する必要があるし、互いをより深く知るきっかけにもなる。私は映画監督という職業柄か、はたまた究極のドMなのか、何でも実体験せねば気が済まない性格。もちろん出産に対しても、この初体験をじっくり味わいたい！　と、結婚どころか彼氏すら存在しない頃から興味津々だった。出産の痛みに対する喩えは、「鼻からスイカ」や「男なら死ぬ」など多々あるが、どれも想像しにくいものだらけ。そんな私もついに結婚、子を宿した。いよいよ未知なる痛みが確認できる！

まずは病院選び。夫（元）に相談すると、返ってきたのは「病院？　自宅で取り上げるんじゃないの⁉」「え〜っ⁉」。縄文的価値観と都会っ子の価値観が衝撃的な出合いをした瞬間である。この価値観のクロスポイントをいかに見出すか、それが最初の課題だった。山暮らしの長かった夫にとって病院は、とてつもなく非現実的な存在で、大正か昭和初期の如く出産は「家」でと思っていたようだ。こちらとて、出産は当然病院でと思い込んでいた。大正、昭和、平成を生きてきた親族三世代での話し合いの末、場所はともかく、古からの人間の本能に沿う利点と、最先端西洋医学の利点をすり合わせることから始めてみよう、という結論に達した。これがオリジナリティ溢れる出産ドラマへと展開し始めるのである。まずは出産に向けて書いた、我々の希望リスト「バースプラン」をご覧いただこう。

〈当初のバースプラン（一部）〉
高知で産み、夫が取り上げ、へその緒も切りたい（＊なんと竹べらで！）
産後すぐ素肌に赤ちゃんを抱っこ、自力でおっぱいを探し当てさせる（カンガルーケアがしたい）その後一時間は母子だけの空間で素肌に抱いていたい
映画監督としてしっかり記録したい
完全母乳、退院まで母子同室（添い寝）、産後一カ月は休業して母業に専念する。

一〇〇人妊婦がいれば、一〇〇通りの出産方法と体験があるが、この竹べらでへその緒

を切るというのは前代未聞である。日本古来の出産に関する文献を調べてきた夫が突然、「竹べらで切る！」と提案した。何でも、一息に金属で切ると赤ちゃんがビックリするという理由から、古来の日本では抗菌作用のある竹で、あえて切れ味の悪い〝へら〟を作り、ゆっくり扱き切っていたそうな（ホントか⁉）。確かに、大人でも金属が急に当たればビクッとする。竹は赤ちゃんには優しそうだ。どんな出産方法を取っても世の中には賛否あるのが現状。その賛否をできる限り学び、リスクも理解した上で何故そうしたいかを明確に持つことが大切だと気づかされた。映画制作と同様、想像力を広げることには一銭もかからず、しかもその価値は無限大である。しかし大切なことだからこそ、こだわり始めると終わりが見えなくなることもある。そんな時は初心に返り、「母子共に安心」という軸に戻し、修正、決断、進行した。

　手始めに、このプランを叶えてくれそうな産院探しを高知市内でスタート。「鼻からスイカ」が確認できる自然分娩において、経験豊富な産婦人科医を発見。初診にもかかわらず、前のめりで、院長にこの縄文と都会の掛け合わせプランを熱弁してみた。案の定、竹べらはもってのほか、要望の全てはＯＫとはならず、院長は渋めの表情で追い追い考えていきましょうとポツリと言った。とはいえ、長年その手で赤子を取り上げてきた百戦錬磨。その愛の眼差しに、出産に対する不安は一気に吹き飛んだ。この時点で妊婦早六ヵ月目に入っていたが、人生とは産み出す時は一気に出し切るものなのか、私の二作目の映画『0・5ミリ』の公開と、そのキャンペーンも重なった。大きくなってゆくお腹を抱えながら、一日おきに北海道から九州まで全国行脚の旅がらす。一日中インタビューで同じような話を繰り返す私の声を胎教に、ベビーはすくすくと成長。日ごと見知らぬ土地のビジネスホテルに宿泊していたのだが、シングルベッドに一人転がっていても、お腹の子が一緒にいる安心感は今でも忘れがたい。自分の中にいる赤ちゃんに、私のほうが包まれ、抱かれているような心地良さ。妊婦というケアされる側のはずが、二人でひとつの一体感に自己史上最強！　だと感じていた。

そうこうするうちに作品が映画賞に次々とノミネートされ、授賞式ラッシュに突入。バースプランのトップに書かれた高知で産むということが危ぶまれる中、臨月も東京に残ることになった。現状を伝えるために高知の産院に電話をすると、「まだ東京なの!?　帰ってこないで！　飛行機も乗っちゃダメ！　東京で産みなさい！」と、院長の一言で出産プランは大逆転。今から病院見つけるなんて、どうすりゃいいの？　と、家族全員大混乱。そこへ救世主の登場。出張中に万が一のことがあったら診ていただけることになっていた東京の大病院の院長が、困り果てた私の事情を伝え聞き、手を差し伸べてくださったのである。ところがどっこい、その名医は、無痛、帝王切開、計画出産の第一人者で、我々のバースプランと一八〇度方針が違うのだ。巨大かつゴージャスな院内のエレベーターに乗り、静かな廊下を緊張しながら院長室まで進んだ私。重厚な木製の扉を開けると、立派な院長室に鎮座されるS院長が柔和な笑顔で迎えてくださった。「これはいける」、妊婦の勘でピンときた。極と極は一周回って出合うもの、こだわり抜いた我々のプランと、その理由を静かに聞いてくださった院長。数秒考えた後、「面白い、やってみよう」とおっしゃったのである！　しかも例の竹べら付き！

世のお母さんたちが何回でも産みたくなるように、「痛くない出産」を大切にされてきた院長のもとへ、「痛い出産」希望の妊婦がやってきた。計画出産が専門ゆえ、果たして私の出産予定日に院長がいるか否かも不明な中、様々な課題をひとつひとつ丁寧に、互いに意見を交わしながら進めてくださる姿勢に心から感服。竹べらに関しては、手術器具などを一〇〇度以上の高熱で滅菌処理する機械、「オートクレーブ」にかけたら変形必至では⁉　の問題が発生したが、夫婦で試行錯誤した結果、世界中の古来へその緒切り方法を調査し、北海道のエゾ鹿の角で作ったナイフに切り替えた。そしてエゾ鹿は、見事オートクレーブの難関を突破。へその緒を載せるまな板は「寿」と描かれた大きな升（ます）を分解して、父が作製してくれた。

いよいよ出産予定日という前日、連載中の原稿を執筆していた私。原稿半ばで「あれ⁉」

という痛みを感じ、それでも書き進めていると「ウウッ」となるほどの苦しさに。これが噂の陣痛か！　すぐに夫に報告すると、「だったら何か食べときなよ！」と、体力勝負と聞く出産に向けて栄養補給を勧められた。陣痛疑惑の中、原稿の締め切りが気になる私は執筆を続け、その間に夫が飯をこしらえた。妊娠中毒症にならないように本気で塩分控えめ（ほぼ無味）の食生活を送ってきた私に差し出されたのは、超濃い味の生姜焼き定食だった。「もう産むから関係ないよ！」と半年ぶりにほおばった生姜焼きの美味しさと、醤油の焦げた匂いは生涯忘れない。二分おきに到来する陣痛の波を掻い潜り、なんとか原稿も入稿したところに母が帰宅。生姜焼きとパソコン片手に「イテテ」と言う娘を見て唖然。「あんたたち、何やってんの!?」と、数分後にはタクシーに乗せられ病院へ。ここから二四時間、本格陣痛が続くのである。エレガントな個室に移動してベッドに横になるが、陣痛の痛いのなんの！　アニサキス（寄生虫）二匹に、十二指腸潰瘍、胃潰瘍を併発し、脂汗をかきながらも何日も病院に行かなかった私だが、そんなの比べようもないくらい痛いじゃないか。エレベーターホールにも響き渡る大声でホラー映画の如く夜通し絶叫し、計画出産と無痛分娩の妊婦さんしか居ない静かな病棟を恐怖に陥れていたようである……。一睡もできぬまま夜は明け、辛さに心が折れかけた早朝、後光と共に院長が登場。その穏やかなお顔を拝んだ時の安堵感たるや、朦朧とした脳裏に仏の姿が浮かんだほどであった。

秒単位の陣痛に、それでも子宮口が開かず、出たい赤子と出せない母のせめぎ合いにのたうち回り、一分一秒を永遠に感じていた。

午後になり、体力メーターもどんどん低下する中、定期的に院長が来ては私の顔を覗き込む。「麻酔しましょうか?」と心配そうに囁(ささや)くが、「鼻からスイカ」を目前に諦めるわけにはいかない。映画『ロッキー』さながら立ち上がった私は、子宮口を開くため、最後の力を振り絞って院内の廊下を歩き（這い）続けた。ついに母子共に安全保証ギリギリの段階で、名医のゴッドハンドが素早くグググッと動き（ご想像にお任せ致します）、産道でもがいていた我が子への道が開通。「分娩台へ!」のかけ声を聞くや、一刻も早く出したい衝動に自力で分娩台によじ上り、勝手に「ひ〜ひ〜ふ〜」と力み出す。院長はじめ助産師さんたちがバタバタしている最中、看護師さんが「出産の記録は!?」と言った途端、映画監督のスイッチが入った私。

少し話が戻るが、職業柄、出産の記録をどうするかで悩みに悩んだ。可能であれば安藤組オールスタッフが集結して三五ミリフィルムで撮りたいところ、映画的記録にこよなく近く、しかもスタッフは夫一人という制限の中、思いついたのはフィルムカメラと高音質の録音だった。一秒二四コマの映画技術は活動写真である。ならばオートのフィルムカメラで連写し、クオリティの高い音を録れば、これが最も体験として映画に近いはずだ。いきみながらも夫に、「撮影！　録音準備。そこにカメラ、アングルはこっち！」と的確な指示。監督業は天職だと確信した。

　四度の力みで出てきた娘だが、二回目の力み、半身が繋がった状態で初対面。この世に産まれかけている乳児は、時系列を反転させれば未来に生きる我が先輩であり、脈々と繋がってきた御先祖様の先頭である。その顔も長老か仙人に見えたのだった。

　いよいよ、エゾ鹿の角で待望のへその緒カットタイム。これが見事にスパッと一発ＯＫ。院長もビックリ大喜び。私は終始、感動を心身に刻むべく覚醒していた。出てきたばかりの我が子が私の胸を這い、嗅覚で必死におっぱいを探し、自力で見つけた乳房に食らいつき、本能で吸い始める姿は、命が持つ生き抜く力そのものだった。

　カンガルーケア、完全母乳はじめ細かい多数の希望通り、ハイブリッド原始出産を果たした私だったが、それまでの全てが雲散霧消。何より、無事我が子に出会えた奇跡に感謝で満ち溢れていた。

　出産直後の感想は「母ちゃんって、すげえ！」と、「鼻からスイカじゃない！」の二つ。出産という感動ドラマの実は、出したい本能は同じ、究極の下痢の拷問に似ていた。体験を通してはじめて腑に落ちたのは、自然分娩でも帝王切開でも、無痛でも痛くてもなんでも、命を十月十日育み、世に送り出す母はみな偉大である。改めて心底、自分を産んでくくれた母ちゃんを大尊敬、さらには道ゆく全ての母たちにひれ伏す思いだ。

人類誕生以来、人は同じようにみな、母親から生まれている。せっかくなので母の出産エピソードも聞いてみた。当時の新しい自然分娩、痛みを呼吸で緩和するラマーズ法に挑戦した和津さん。夫も一緒に教室に参加し、夫婦協力のもと出産のはずが、父は一度も参加せず、出産当日、ベロベロの二日酔いで登場した父は、陣痛の痛みを和らげる「ヒーヒーフーッ」でお酒臭い息を吐き散らしていた。ラマーズ法の教科書片手に足下で居眠りする父に「今、腰押す！」と指示を出す母に、「鬼みたいな形相で亭主に指図する女とはもう、子供が生まれたら離婚だ！」と父は腹の中で思い、母は「こんな苦しい最中に、酔っ払って寝てる亭主とは離婚だ！」と思っていたらしい。しかし子供を見た瞬間、全ての怒りはふっとんだそうだ。

次女の時は水中出産を試みようとしたらしい。しかし、母は出産一日前までニュースの生放送を深夜までこなし、次の日は父の初主演映画の初試写会に行ったもんだから、陣痛が一週間近く早まった。試写会後に陣痛が始まり、翌朝、長女桃子を幼児ルームまで送り、病院へ。「経産婦さん、緊急です！」のアナウンスのもと、そのまま分娩台へ直行。医師も間に合わず、気がついたら靴を履いたまんま一人で出産したそうな。

世界中のお母さんたち、天晴れ（あっぱれ）！である。

母なる乳と、父なる母

出産とは、母も同時に誕生する瞬間である。みな当たり前のように母の顔をして生活を始めるが、「おぎゃー」と出たばかりの赤子と同じく母たちも生まれたて。世の中には無数の育児本やネットの情報があり、それらは安心材料としては十分役に立つが、本当はもっと〝生もの〟で敏感で、言葉にできぬほどの「体験」が凝縮された時間だ。私もまた、この未知に揺さぶられて自分を再構築するという、特殊な時を経験した。妊娠、出産、子育ては、猛スピードで起きる心身のリセット&再起動。生まれ直しである。

産後二カ月間は籠もると決めていた私。これも日本古来の資料を調べてきた夫の意見もあって、極力電灯を点けず、スマホの画面も見ず、薄暗い部屋で母子だけの空間をつくり三食部屋に届けてもらうという、産後の肥立ちを緩やかに穏やかにする過ごし方だった。そうすることで、赤ちゃんも徐々に自分が生まれてきた世界に馴れるそうだ。これは私の努力というよりも家族の協力が必須であり、母と夫が決行してくれた。そこで私は所属事務所のマネージャーに二カ月の休業宣言をして、退院後、実家の二階にある和室に籠もった。

第二のへその緒と言われる母乳で、娘と私のバイオリズムは完全に繋がっていた。新生児の授乳期は、二〜三時間の短時間睡眠でも大丈夫なよう、赤ちゃんに合わせて母の身体も変化すると聞いたが、本当にそんな感じだった。三度の飯が部屋に届けられるので、トイレとシャワー以外はずっと布団の上で過ごした私。お腹の中に居た時の体勢を保つため、手足を丸めてお雛巻きにした娘を抱きかかえるように添い寝し続けた。

あとあと家族に聞くと、部屋の襖を開けるたびに全く同じポジションと表情の、半身を起こした状態で娘を抱く私が居て、デジャヴのようで怖かったそうだ。確かに、おっぱいを仕舞うのも面倒で常に出しっ放し、時の感覚を失い、ただ呆然としていた。小さな存在の愛おしさに意味もなく涙がボロボロとこぼれ、愛をとどめ刻みたい一心で二カ月間、毎朝一枚、部屋の窓から同じ景色を写真に収め、子育てデータを手書きで細かく（二時間おきに）紙に記し続けていた。窓の外には二階まで伸びた柿の木があり、その奥には裏手に隣接する家の屋根と空が見える。今まで感じたことのない光を私たち母娘に届けてくれた東京の初春は、いつも見ていたはずの景色を教会の窓から望む風景のように、崇高で神聖なものに感じさせた。もしかしたら、産後で視力が弱っていたせいかもしれないが、本当に全てが淡くぼやけ、光の粒子が飛び交って見えた。皮膚が裏返しにされたように心が織細になり、一日に数回、突然心臓の毛細血管を口から引っ張り出されるように胸が苦しくなり、さめざめと泣いた。たぶん私は少し、産後うつだった。産後うつと聞くと辛い記憶になりそうなものだが、それがそうでもない。今振り返ると、究極の恋を思い出すように、体中が愛する本能にムズムズする。

中学生時代に女子校で、「小山隊、隊長」というペチャパイの称号をいただいた私。先輩ママたちには、妊娠中からおっぱいが大きくなり始めるよと聞いていたが、私のペチャパイはそんな素振りもみせず、果たして母乳が出てくれるのか大変心配していた。「産んだらとにかく吸わせ続けろ、奇跡は起きる」と、高知で自然育児をしている肝っ玉母ちゃんに言われ、半信半疑で新生児に乳を吸わせること三日、諦めかけた頃にそれは起きた。アニメのヒーローの変身ヨロシク、猛スピードでペチャパイがグングン!盛り上がり、見事な巨乳に。巨乳といってもセクシーなものではなく、現実は血管の浮き出たカチカチのボール。おっぱいは栄養供給のために備わっていたのか!と本能的に納得した。オスを引き寄せ、子種を確保するためのおっぱいミッションでは役立たずだった貧乳にも、活躍の機会が到来したのである。ある意味で、本領を発揮した私のおっぱいは、娘の顔を思い描くだけで壊れたスプリンクラーのように乳を振りまいた。母乳パッドでは間に合わず、常にタオルを挟むほど、乳の出は凄まじかった。

三歳まで乳を吸い続けた娘だが、ハイハイし出した頃から、おっぱいはセルフサービスのドリンクバーと化した。そもそも「おっぱい」がセクシャルな対象でもあるということをすっかり忘れた私は、何度か電車や公共の場で堂々と出しそうになり友人に止められた。家族はもちろん、異性の友人と向き合って会話していた時もおもむろに〝乳〟を出して授乳し始め、相手が困ってうつむくまで気づかなかったほどだ。三歳にもなるとおっぱいは食べ物ではなく、おやつでもなく、「ちょっと一服」になる。

十月十日一体化し、肉体的に離れても母乳で繋がっている実感を得ていた私は、断乳に苦労した。大人は珈琲（コーヒー）を飲みながら、会話をしながら、テレビを観ながら一服するが、これがお乳も同じなのだ。一服おっぱい中、よそ見をする娘に何度乳首を引っ張られ伸ばされたことか。こちらも吸われるたびにだんだんとイライラするようになり、あんなに愛おしかった授乳タイムが、ついに「いい加減にしてくれ！」と感じるように。体が拒否した時が、ケジメの時。ついに、この幸せな一体感にも卒業の時が来たのだ。娘がおっぱいにバイバイするというより、私が泣く泣く、娘にバイバイした。

みんな普通の顔をして街を歩いているが、妊婦から出産、母としての新しい軸でバランスが取れるようになるまで女性の内心は、映画『エイリアン』そのものだ。あの映画はグロテスクだが、コントロール不能な肉体の変化や心の脱皮はまさに、『未知との遭遇』である。肉体的に娘と離れてからも、次々と新しい私が顔を出した。産前まで当たり前のようにこなせていた執筆やトークイベント、ラジオなども全てリセットされ、今までどうやっていたのか分からなくなった。新人ならば初挑戦の意気込みで身を投じる勇気も出るが、脳内には経験した記憶があるものだからその不安はマックスに。「今までのようにできるのだろうか?」との自問に「できない」と即答。今までの私は一度死んだも同然、進化するしかないのだと気づいていた。ホルモンバランスもあってか、人前に出ると緊張で手足が竦(すく)み、声が震え、汗がしたたり、頭は真っ白になった。できなくなっているという感覚から、余計に不安になるジレンマである。

私は生まれてこのかた表現者を辞めようと思ったことがなかった。生きる＝感性のアウトプット、作品を産まない＝無呼吸＝死であり、辞めるという言葉すらよぎったことがなかった。生涯現役、映画監督として生きるのみだと走ってきた。それが出産を機に、いとも簡単に「辞める」と口にしたのである。家族をガッカリさせたくなく、夫にだけ映画監督を辞めて仕事も辞めて家庭に入りたいと言った。しかし父も母もみんな私の気持ちを察していた。ケンカするほど仲がいい、何でも話せる家族との間に、あの頃はじめて大きな距離ができていた。私は自分から愛を突き放し、孤島をつくり、そこに移住したのだ。太平洋の向こう側から家族が一所懸命、愛を叫んでくれても聞こえず、聞こえても背を向けて耳を塞いだ。完全に子供返りした私は、「できない」を「したくない」にすり替えるほど、幼稚になっていたのである。ひとこと、「ヘルプ！」と言えばよかっただけなのだが、なかなか声に出せなかった。現代の女性の中には社会に出て働く「父性」も立ち上がっている。純粋な母性本能がゆえの混乱なのか、我々現代女性は、母性と父性がバランス良く取れた人類未体験の進化を学び、歩んでいるのかもしれない。

　私にとって死と同等の「映画監督を辞める」という選択肢が浮上し、躊躇（ちゅうちょ）なくそのボタンを押した。今でこそ言えるが、私はこれをネガティブだと思っていない。それほど命がフル充電され、愛と生命の輝きに満たされ切っていたのだ。この我をも忘れる愛おしさと優しさは、生きとし生けるもの全ての命の幸せを願いたくなるような原動力となり、これこそが人の本質であり、母たちも父たちもみな持って生まれてくる命の繋がりなのだと感じる。結局、私は監督としての死を選択せず短編映画で復帰をすることになる。娘が二歳の時、短編オムニバス映画の企画依頼が舞い込んだのだ。六人の映画監督がそれぞれ自由にオリジナル作品を撮るという有り難い企画に、不安よりも自然と胸がトキメいた。同時に心身の変化を受け止めきれず、一所懸命理性を取り戻そうと頭でっかちになっていたことにも気がついた。トキメキは止められない。これからはどんなことがあっても、まずは自分の胸に聞き、その声を羅針盤に進むことにした。

産後はじめて撮った短編作品『アエイオウ』の現場は、別の惑星に降り立ったかの如く新鮮で、全身から喜びが爆発するほど楽しかった。それまでは映画に対する恐怖心が強く、現場はいつも怖いものであったが、終始撮影できる幸せに満たされていた。真冬の海、俳優に芝居の指示を伝えに全力で広い砂浜を走る私は、恐怖の呪縛から解放されて、スキップする足は天にも昇る勢いだった。出産を経験したことで、作品を産む恐怖が消えたのだと思っている。そして母になって撮った作品の感想は、「男性的」や「硬派」というものだったから愉快である。

『アエイオウ』の打ち上げのスピーチで、オールスタッフ、キャストを前に私は、映画監督を辞めようと思っていたこと、この作品が人生の大きな分岐点となったことを打ち明けた。会場全体が深刻な雰囲気の中、「辞めようと思っていました」の「た」に被るタイミングで、「オーマイガッ!」と、娘が言い放ち、吉本新喜劇のように空中でV字開脚をした姿勢でひっくり返ったのだ。空気は瞬時に和み、笑いに包まれた。一度でも辞めようと思った自分に罪悪感を感じていたが、いつだって方向転換をすればいい。前に進む限り、再構築は可能なのだ。

大人や社会が赤ちゃんを当たり前に保護して抱きしめるように、生まれたての母もまた同等に抱きしめてほしいのだ。しかし、自我や理性のある母たちは、赤ちゃんよりもずっとややこしく、時々愛も優しさもはね除けたくなる。そんな苦しい時、私は毎日撮り続けた六一枚の「窓からの写真」を見返す。母になりたてで崩れ落ちそうだった私に伝えてあげたいことがある。世界を照らし続ける太陽も、輝く星の光も、草木も花も我々を一人残らず照らし、抱き続けてくれている。その大きな母の愛を感じて、日々受け取りさえすればいいよと、今暮らす高知の窓から見える景色が教えてくれた。

第二章

なりふりかまわず

父の形見

日本人は遠慮深い民族だ。子連れでトイレに並んでいる人を見れば「どうぞ」と順番を譲り、「いいえ、どうぞ」との応酬も日常的な風景だ。「どうぞ」「いいえ」「どうぞ、どうぞ」の繰り返しは有名なコントにすらなっており、もはや謙虚さは我々の美学であり文化である。女たるもの人前では自らの意見はぐっとこらえ、慎ましやかに微笑みを絶やさず……そんな古風な方もいらっしゃる。にわかに信じがたいと思うが、私も父にそういった女の美学をコンコンと叩き込まれて育った一人。しかし、そんな美学は西洋文化を前に、見事KO負け。彼の地ではトイレで「どうぞ」なんて発した日には、夜まで突っ立っているか、オモラシするしかなくなる。権利とは、奪い合って勝ち取るものであるらしい。

子供の頃から自己主張というものが苦手で、留学してからも周囲に押されぎみだった私だが、大学入学時には自己改革を迫られた。美大とはいえ絵を描いていればよいわけでなく、作品のプレゼンテーションや、ディスカッションも採点の対象だったからだ。引っ込み思案な桃子が兎(うさぎ)の着ぐるみをかなぐり捨て、ジャンヌ・ダルクよろしく立ち上がることになった。

おぼこい大学一年生、友人に誘われて行ったのはイーストロンドンにある老舗のクラブ（艶っぽいマダムやお姉様のいる箱ではなく、ＤＪが音楽をズンドコ鳴らすほう）。真冬の寒さが嘘のように熱気沸き立つクラブ内は、若者でごった返していた。バーカウンターで飲み物を注文するにも大激戦で、人を肘で押し分け（通称エルボー攻撃）、カウンターまであと一歩のところへ来たら、膝で割って入り（ニーカット）、太ももで押し分け（プッシュアセルフ）、右掌をカウンターに「バシン！」と早押しクイズの如く叩き置く（強スラップ）。この技を友人から教わり、いざファイト。なんとかカウンターに漕ぎ着け、我先に注文をと殺気溢れる輩の怒号に負けず、一八〇センチ超えの大男どもに埋もれぬよう、腹筋を使ってカウンターによじ上り、てんてこ舞いの忙しさにイライラを募らす店員をすかさずひっ摑むと同時に、注文リストを早口で並べ立てる。さもなければああ無情、ド突き返されて、あっという間に振り出しに戻ることに。こんな時、金髪ボインであれば前出の一八〇センチ超えの大男どもがヘラヘラと代わりに注文を取ってくれるのだが、そうはいかぬのが世の常である。

なんとか手にしたドリンク二杯を、両腕万歳の恰好で天に掲げ持ち、自分の頭に飛沫を浴びつつ押し寄せる人の波をかいくぐり、やっと辿り着いたダンスフロア。この一回戦で全身汗だく、灼熱地獄。着ているジャンパーとスカーフを剝ぎ取るように脱ぎ、友人たちが座っているソファに置いた。会話しようにも音がうるさすぎて、瞬く照明に金魚の口パクパクにしか見えず、何を言っているのかさっぱり分からず、テキトウにニコニコ相づちを打っていた。こういう状況の時、人は水分を取りまくるもの。喉も渇いていないのにグビグビ飲んでいたら、すぐにトイレに行きたくなる。このトイレへの旅も障害物だらけの大冒険で、辿り着く道中すれ違う人々が四方八方からぶつかってくるのである。女子便所内では譲り合うどころか、「もれる！」もしくは「おえっ！」の一声割り込みは常識。扉すら閉めない動物園っぷり。いつの間にか頭はタバコとビールでベッタベタ。臭いわ、鼓膜がジンジンするわで疲労困憊(こんぱい)、ギブアップで退散を決めた。

席に戻りジャンパーを着ると、してきたはずのスカーフが見当たらない。山のように積み重なる上着の中をひっくり返して探しても、ない！　父がチベットに行った時、お土産に買ってきてくれたそのスカーフは、職人の手描き模様が美しく、世界に二つとない工芸品だった。何より、プレゼントなどくれた試しのない父が、珍しく買ってきてくれた大切なお宝。カオスに宝物を持ってくるんじゃなかったという後悔が湧き上がり、それが何としてでも見つける執念に変化した。どこかに落ちているかもしれないと、ズンドコ会場内をくまなく探し回り、ラウンジのソファ周辺や、いちゃいちゃ絡み合うカップルの足を掻き分け、酒やジュースでベタベタな床も気にせず、警察犬の如く這いつくばい、嗅ぎ回った。トイレもチェック、どこにもない！　最後に残すは人波押し寄せる激戦地帯、バーカウンターのみ。男女が一方向に押し合いへし合いする大混乱に向けて、呼吸を整え、いざ突入。全力でカウンターを目指す人の波に「エクスキューズミー！」と連呼する日本人が紛れ込み、波形が乱れ始めたその時ついに、見知らぬ女の首に巻かれているスカーフを発見！　すっかり弱肉強食の夜に感化された大和撫子（なでしこ）の闘志に火が点き、男と談笑する金髪の女まで猛突進。その肩をひっ摑んで言った。

「スカーフ、返して」

女は私の剣幕に驚きもせず、「はぁ？」とばかり、ひょっこりと肩をすくめた。再度、「これ、私のスカーフ！　返して」と、今度はスカーフを摑んで言ってみた。女の返答は、「これ、私のスカーフ」だった。図々しさに、オッタマゲタ。しかも私の手からスカーフの端をグイッと引っぱり返し、「チッ」と舌打ちまでする強者だ。試合開始のゴングが響いた瞬間である。

思い返せば小学五年生。登校すると、教室の中央で男子たちが他の子の机に座って喋っていた。女子生徒が自分の席に座れず困っていたので注意をすると、「うるせー、安藤」と言われてケンカになった。気づけば取っ組み合いの殴り合いに発展。顔面パンチを食らった私は床に吹っ飛び、机がなぎ倒された時点で試合終了。それでも殴りかかろうとした私を先生が阻止、憤怒の息を鼻から吹き出す私を保健室へと連行した。漫画のような青タンを右目に作って帰宅した思い出がある。後日、学習院始まって以来の騒動だと母は呼び出しをくらい、こっぴどく叱られた。あれから一〇年、呼び覚まされた闘志がメラメラと、気づけばクラブの真ん中でスカーフの摑み合いが始まっていた。渡すものかとばかり、〝私の〟スカーフを首にグルグル巻きにする女。両者共に「私のスカーフ！」と叫び合い、ギャラリーの見守る中、双方一歩も引かない状況である。この理不尽な試合に終わりを告げたのは、口から出任せの術だった。

「これは世界に二つとないアンティーク！　死んだ父の形見だ！」

映画監督は時にとんでもない〝ほら吹き〟でもある。怪獣ものだろうが、宇宙人ものだろうが、どんなドラマも観客に信じさせるのが我々の仕事だ。お涙頂戴は世界共通言語、鬼の目にも涙、「死んだ父」の部分で敵の動きは止まり、「ふんっ！」と、捨てるようにスカーフを投げ返した。この一件から発言する勇気の岩戸が開いたのである。

以前、西洋と日本の文化の違いは、狩猟民族であるか農耕民族の差だと聞いたことがある。狩猟は個の力で戦う獲物との勝負。勝つか負けるかが基本で、その獲物を狙う人間同士の勝負でもある。挨拶も握手で相手との距離を取り、我が身を守るスタイルだ。かたや仲間との協力関係が必須である農耕民族は、日本では「おじぎ」をして、一番の急所である頭頂部を相手に差し出すことで「私はあなたを敵と思っていません」とアピールをする。西洋では最初は握手でも、親しくなればハグやキスをして親近感を示す。本当かウソかは自己判断するほかないが、私自身の体験から言うと合点がいく。

その後、西洋でハンターデビューした私の、生き抜くための知恵と筋力は増す一方であった。貧乏美大生にとって粗大ゴミは素晴らしき画材でもある。ゴミレーダーを搭載している私は、毎週末蚤(のみ)の市が閉店する時刻に外へ繰り出し、お宝探しをした。目当ては出店者が売れ残った様々な商品を捨ててゆく、巨大なコンテナ型ゴミ箱、通称「スキップ」。小さな車一台は入りそうな鉄の箱である。これに何でもかまわず投げ入れるのがイギリス式粗大ゴミ回収法で、ベッド、椅子などの家具はもちろん、そこに野菜や衣類まで投げ入れるのがロンドンスタイル。

特に私のお気に入りのエリアは、映画にもなった、かの有名なノッティングヒルのポートベローロードで二キロにわたって続く、長〜いポートベローマーケット(の端っこ)。ノッティングヒル・ゲート駅側はアンティーク等の店舗が並ぶが、反対側は徐々にローカル化し、ホームレスの人々も多い少々治安も悪いエリアだった。毎週末、目的の巨大スキップの周りには先客のチーム・ホームレスが一〇人ほど群がっていた。開眼した私はそこら辺に転がる木箱を踏み台に、負けじとスキップによじ上り、中へジャンプしては作品制作に使えそうな木の板や家具を道に投げ出していた。ある時、なんとも魅力的な古着のワンピースを発見！　瞬時に摑み取ると、反対の端をホームレスのオッサンが握りしめてきた。綱引きならぬワンピース引き開始！　花柄のワンピースをオッサンに取られてたまるかの女の根性、無言の勝利を得たのであった。

　他にも危険地帯での護身術として、家の鍵を指の間に挟むだけのインスタントメリケンサックや、向かってくる変質者を避けて通れない状況では、変質者以上に狂気になりすます変質の術も身につけた。一度、夜道で素っ裸にハイソックスとスニーカーだけ履いた男に全力で追いかけられたことがあるが、これは全速力で逃げた。もし、旅先でケンカを売られたら下手な英語で返すより、日本語で捲(まく)し立てるほうがよっぽど効果的。全ては世界共通、〝氣合い〟なのだから。

　トレンドファッションはストリートから、売り物よりゴミ箱を、不動産屋より地下組織をというのが鉄板だったロンドンカルチャーも、オリンピック開催に合わせて街は整備され、パンク発祥の元祖であるリアルパンクスのホームレスたちも一掃、不味(まず)さが個性だったイギリス料理も美味しくなってしまい、妙に整いすぎて（私的には）淋(さび)しい感じのロンドン。飯の不味さは今振り返ってもピカイチだった。これは美味しい不味いを超えたレベルで〝味なし〟、生煮えは当たり前、缶詰の豆をそのまま出すわ、スープはぬるいわ、サラダにはドレッシングもなく、自分でテーブルに置かれた塩と胡椒と酢をかけるスタイルだった。グレイトブリテンの人々は基本的に慎ましく、食に興味を持たない様子。しかし私はそれが大好きだった。だから、あの不味い、〝味なし一〇〇点満点〟のご飯が食べられなくなったことはひとつの歴史が幕を閉じたようで、とても切ない。

オリンピック以前には、中心街から外れれば無法地帯もたくさん残っていて、貧乏な美大生たちのクリエイティビティを炸裂させるにはうってつけだった。廃墟や廃ビルに忍び込んで生活をしたり（警察に見つかったら次の廃墟に引っ越すだけ）、発電機を持ち込んで広大な廃ビルを丸ごとクラブ化、学生たちはライブイベントも行っていた。もちろん大々的に広報はできないが、学生同士の間に手作りのフライヤーが出回り、スマホ時代ではないので、ショートメッセージで場所の案内が届いた。人気のない道路の真ん中に人が立っていて、招待状を見せるとマンホールを開け、地下の空間へ誘導するという秘密結社のようなイベントもあったそうだ。建物をジャックすることを「スクワット」と言い、私が行ったイベントにはアメリカからお忍びで元大統領、ジョージ・W・ブッシュの娘が来ていたことも。学生たちによるスクワットカルチャーから生まれた、有名ミュージシャンやアーティストも多い。不毛地帯に咲く花か、大地を割って芽吹く草木の如く、文化はゼロ、もしくはマイナスに見えるところから発生するのかもしれない。

もじもじ桃子も人の親になった今、あの頃の写真を見ると感慨深いものがある。目つきが任侠なのである。帰国後も長年のファイトスタイルは変わらず、監督デビュー当時のインタビューを読むと「怒りが私のパワー」と言い切っていた。しかしこれが疲れるのなんの。子育てを始めたら怒りのパワーは木っ端みじんに消滅、何より母性が吹き出した。怒りを源に子供を相手に生きていたら、半日で燃え尽き、灰になってしまうだろう。胸の奥から「愛のスイッチ」を見つけ出し、どんな時もお天道様のようにぽかぽか周囲を暖めて、花を咲かせられると信じて進むことに決めた。狩猟民族も農耕民族もタケノコ族もみんなひとつの地球人。愛があれば、宇宙人だってウェルカム。ロンドンでの綱引きならぬスカーフ引きから、十数年。人は戦いを経て平和の良さを知る、のである。

トイレの譲り合いも、子連れになって譲られる立場になり、「ありがとう！」と素直に差し出された愛を受け取ることにした。その分どこかで誰かに返せたらいい。分かち合いだ。息だって吸うばっかりでも、吐くばっかりでも生きられないのだから。

基本的レジ袋活用術

千葉県、成田国際空港。海外で暮らす娘が久しぶりに帰国するとあって、母は胸を躍らせていた。到着ゲートから一人、二人と大きなスーツケースを押す帰国者が出てき始める。今か今かと、母はその中に娘の姿を捜していた。腰まである長い髪をいつものように三つ編みしているだろうか、また突飛な髪飾りをつけたりしているのか？　満面の笑顔で飛びついてくるのか。期待を眼差しに込めて見つけた我が子は……スーツケースも持たず、スーパーのレジ袋を両手いっぱいぶら下げ、ボサボサ髪にみすぼらしい姿で、笑顔もなく立っていた。

大学二年生の初夏。抜けるような青空の下のランチタイム、私は念願だったロンドン大学スレードスクールのキャンパスで友人たちと芝生の上でサンドイッチを頬張っていた。イギリスは一年のほとんどが曇りか雨だと言っていいほど、天気に恵まれない国だ。有名な画家、ターナーの絵が良い例だ。描かれた海は全部「どよーん」としている。私はそんな「どよーん」としたイギリスが大好きだった。留学先はどこにしたい？　と聞かれた時、すぐさま「イギリス！」と答えたくらい。芸術を学ぶなら暗い国がいいと思い込み、暗い国だからこそ反発するように人々はクリエイティブになるのだと信じていた。晴れない国に陽が差すと、晴れただけでお祭り騒ぎで、真冬でもタンクトップになってビールを呑むほどだった。太陽ひとつで国全体が幸せムードになるなんて、幸せである。どよーんとした天気と創作意欲はセットであり、天下のビートルズを生み出したのも、シド&ナンシーも、ロイヤルファミリーだってイギリスなのだ。とにかく、初夏うららかな天気のもと、芝生でサンドイッチを頬張るなんてことは奇跡のタイミング。そこに母から一本の電話があった。

母「お父さんの会社が倒産するかも」

娘「は!?」

母「学費はもう払えない……ごめんね」

映画製作費を騙(だま)し取られ、借金まみれだそうだ。さて、どうしたものか。一分前までは希望しかない学生だった。天と地がひっくり返った気分だ。この時ショックはあったものの、不思議と妙なヤル気も湧いてきたのを覚えている。振り返れば、急な展開をロンドンで経験したのが吉だった。イギリスの国立大学は学費が安く、奨学金の種類も豊富で、申請すれば生活費も援助され、バイト先まで紹介してくれる。ゆえに、本当に様々な家庭の事情を抱えた学生たちが集まっていた。シェルター暮らしで育った子、内戦から逃げてきた子、ジェンダーで宗教上の理由から祖国に住めなくなった子や虐待を受けていた子もいた。かたや留学生の中には、日本ではお目にかかれないようなロシアの大富豪のご令嬢もいた。日常で見聞きする学生たちの貧乏っぷりと苦労話が衝撃的すぎて、父の会社の倒産は大した問題ではないように思え、そこに祖母の口癖「死にゃあしない」も聞こえた気がした。

卒業まであと二年、学費をなんとかすればいいのだ。電話を切った後、その足で向かったのは大学の事務室。校長を捕まえて事の顚末を話し、早速、学費免除の交渉をしてみた。イギリス人もしくは永住権を持っていれば、奨学金支給や家庭の事情による学費免除が可能だが、留学生は対象外だと言う。聞けば聞くほどその仕組みが、留学生ビジネスに思えてきて、私は少し腹を立てた。「同じ人間が苦しい立場にいる時、留学生もへったくれもない。一銭も払えないんだから、なんとかしておくれ。私の夢を潰す気か」。そんなことを言った気がする。なんと憎たらしい学生だろう。優しい校長は少し考えた後、「じゃあ、分割払いで」とカード会社のような名案をくれた。

英国社会の格差は激しく、日本で保障されるような最低限の快適さを求めると、大手企業入社二年目の給料に匹敵するような家賃や生活費になる。なので、ほとんどの学生は寮に入るかルームシェアをしたり、治安の悪いエリア、もしくはだいぶ離れた郊外に住んでいた。この時ちょうど翌月分の家賃は支払い済み。あと一ヵ月は身辺整理に時間があった。どんな部屋であれ、一人で住む家賃は支払えない。取り急ぎ、知り合い夫婦の屋根裏部屋に大きな荷物を預けた私。パンツとブラジャー、着替えを数枚、片手で持てる小さな革の鞄（かばん）に入れて、友人宅を渡り歩くことに決めた。

友人宅といえど、全員超がつくほど貧乏学生（ロシアのご令嬢はハードルが高すぎて挨拶すら交わしたことがなかった。残念……）。一軒目はロンドンの東、治安の悪い集合住宅街、二組のカップル、四人暮らしのアパートだった。

ちょっとここで、「ロンドンの安アパート基本事情」をリストアップ。


窓は常に隙間風。

床は固くて冷たい。良くて薄いカーペット（いわゆるパンチ）が敷かれている。

ボイラータンクなのでシャワーは一人分しかお湯が出ない。

ネズミとの共同生活。

玄関の施錠はガッチリ、最低三つは付いている。

〝ケチ〟な貧乏学生から言い渡されたルールは、冷蔵庫の食材および生活用品は使うな。

シャワーは二日にいっぺん。ソファはないから床に転がってくれと、一軒目から鍛えられる内容だ。鬼のような友人に聞こえるかもしれないが、小柄の金髪美人だった。最初に白黒ハッキリさせておいたほうが後々縺れなくていい場合もある。

当時、腰まで伸ばしたロングヘアだった私。電車やバス移動は避け、一日数時間歩くのもざらだったゆえ、シャンプーやリンスなど重いものはNG。風呂道具は一ポンド（当時二〇〇円くらい）で切り売りしていた固形石鹸を持ち歩いていた。しかしこれが、毛がこんがらがるのなんの、風呂場で何度リンスをくすねようと思ったことか。ケチな友人は鋭さもピカイチ。バレて追い出されたら大変だと、諦めた。ゴワゴワでところどころ鳥の巣状態の髪の毛を乾かすこともなく、固いパンチカーペットの上に毛布を一枚、直接寝転んだ私。うとうとしかけたとたん、ベッドの友人カップルが何やらゴソゴソおっぱじめたではないか。いたたまれず寝室を出て数時間、リビングでぼーっとしていたら閃いた。どこかのシャンプーの宣伝に「オリーブオイル配合」と書かれていたではないか。髪にオリーブオイルを塗ったらどうだろう！　さすがに気づかないだろうと、キッチンのシンク下にある大きなオイルの瓶から少々、乾きはじめた髪に塗ってみた。油臭いが、いい感じであった。夜も深まった頃、寝室に戻るとコトも済んだ御様子。爆睡した私は翌朝、ハエの飛ぶ音で目が覚めた。あまりにしつこく飛び回るので、何事かと起きてみると、オリーブオイルに惹き寄せられた小蝿(こばえ)がブンブン。癖毛のロングヘアは蝿取りと化していた。

二軒目、三軒目と貧乏度も治安も悪化し、日本人は襲われやすく、荷物も革の鞄はどろぼうに目を付けられるからと、途中からはスーパーのレジ袋に最小限のパンツの替えだけ突っ込んで移動することになった。半年前に取っていたエアチケットで帰国した私は前記の通り、ワイルドな姿に変身。全て、振り返れば青春真っ只中。愛しき放浪記である。

ちなみに、テスコ、セインツベリーズ、薬局のブーツ、マークス&スペンサーなど、当時、スーパーのブランド別に使い分けていたレジ袋にはこだわりがあった。お気に入りは〝YOU ARE WHAT YOU EAT〟のキャッチコピーが印象的だったセインツベリーズと、酒屋でもらう真っ黒なもの。ビニールが裂けたり穴が空いても捨てず、そこにお気に入りのステッカーを貼り付けて、愛着の湧くオリジナルに仕立て上げていた。ロンドン時代は無意識だったが、どんな物でも愛着を持ち、大切にすることがエコの基本だと思っている。イギリス人は物を大切にする。赤十字の運営するチャリティショップには日々不用品が集められ、庶民は日常的に活用する(そういえば、チャリティショップでケビン・コスナーやリチャード・ギア父娘を見たことがあった。何を買ったのか今でも気になる)。

お金がなくても、知恵やアイディアで何でも生み出せる、クリエイティブの可能性と楽しさを教えてくれたのは、紛れもなくロンドンだ。

世界の心窓（こころまど）

一秒間に二四枚の写真が映し出される活動写真。仏ではシネマ、独ではキネマ、米ではムービー、英ではフィルムと呼ばれる映画は一二〇年の歴史を歩んできた。日本で映画が誕生したのはフランスに次いで二番目というのは誇らしい。今では年間約七〇〇本というとんでもない本数が製作されて、一本あたり平均一時間半としても、この世に生まれた映画を生きている間に全て見ることは叶わない。そう想うだけで、永遠に「映画」という偉大な存在を追い続けている感覚になったこともある。時間を巻き戻して巡り会う前の恋人に会いにいくことはできないように、映画は我々に命と時間との関係を教えてくれる。

　必然的に作り手と観客という立場を生む映画だが、私が観客としての立場を意識したのは、作り手になってからだった。父が映画俳優ということもあり、幼少期からテレビを観ていても横からオーディオコメンタリーのような解説が入る環境で、私はただイケメンを見たいだけなのに、「台詞（せりふ）の間（ま）！」やら、カメラワークに対して「寄れ！」だの「引け！」だのとんでもなくうるさくて、映画になるとこの批評はさらに厳しくなった。某有名アイドルグループや人気俳優のファンになった時も、「この男の芝居のどこが良いのか冷静に批評せよ」といちいち意見を求められ、「芝居じゃない、オーラだ」と返すと「ふんっ」と、あのデカい鼻を鳴らして一蹴された。俳優、映画監督としてではなく、どう考えても父としての嫉妬、公私混同である。それゆえなのか、ある時期まで映画という存在は楽しむものというよりも厳しいものと感じられ、苦手であった。

周囲の映画人が年間に鑑賞する本数も膨大で、小難しい議論を繰り広げられることに萎縮していた。何度聞いても覚えられない専門用語やフランスやイタリアの有名監督や俳優名が、映画という存在を恐怖の対象にする呪文のように頭の中をループし、私は一八歳まで映画の世界を意識的に遠ざけてきた。父が出演する作品を客観視できず、奥田瑛二という俳優の芝居がどうなのか、果たして上手いのか下手なのか、大根なのか（ごめんね！）も全く分からなかった。しかも作品の多くはエロティックなシーンが多く（父は家族全員に全ての出演作を観てほしいらしい）、キスシーンやベッドシーンになると母が私たち姉妹の目を覆い、私たちの指を耳に突っ込ませ、何も聞こえないよう「あー！」と叫び続けるのでストーリーもへったくれもない。映画界に生まれ住んでいた私は別世界に憧れ、アーティストを目指していた。

ところが一八歳の夏、まさかの「映画」と恋に落ちた。父の初監督作品『少女 an

adolescent』の撮影現場の美術監督をアーティストの日比野克彦氏が務めることになり、スタッフも通常の美術部ではなく全員芸大生という態勢の中、よかったら夏休みに参加しないか？ と美大生の私も声を掛けてもらった。そこで見た、大の大人が映画の完成に向けて一丸となり走る様は、「全身全霊」という言葉を体現していて、見事雷に脳天を撃ち抜かれ、恋という穴に落ちた。映画とはこんなにも崇高で潔く、愛に満ちた芸術表現だったのかと、初めて電気ショックを受けたかのように肉体で理解したのだ。映画の核心の持つ力がこの身を伝導体として通り抜けた後には、魂が目覚めたような覚醒が待っていた。すぐさま辞書で映画という言葉を引くと、そこには「総合芸術」と書いてあるではないか。私は瞬時に、「映画監督になる」と決めていた。

　そのまま素直に監督を目指せば良かったのだが、時に人の心は脱線する。恋に落ちるとコンプレックスも吹き出し、惚れたはいいが、いざ冷静になってみると相手（映画）がこちらを受け入れてくれるか否か不安で仕方がなかった。後ずさりを始めた私は、監督になる志にひっそりと蓋をして『少女』のクランクアップ後、ロンドンの美大に戻った。幼少期から感じてきた、父や周囲の映画人の厳しさに対する恐怖は、映画に恋をしたことでさらに強まり、映画監督になりたいという新たな夢を誰にも切り出せずにいた。そうこうするうちに『少女』は完成し、世界各国の映画祭に出品され始め、イギリスに居た私は父の通訳として同行、作品と共にヨーロッパを旅することになった。離れようとも引き寄せられる、それが運命か。もじもじする私を見かねた映画のほうから、こちらへ近づいてくれたのかもしれない。

ベネチア国際映画祭コンペティション部門正式出品を皮切りに、ハリウッド、AFI（アメリカン・フィルム・インスティチュート）、パリ、ギリシャ、ミュンヘン、チェコといくつもの映画祭を父と共に巡った。ヨーロッパでは『少女』に惚れた熱狂的なファンが自分の車を映画のビジュアルでラッピングしていた。連日ファンたちと明け方まで大宴会と共に作品談義に明け暮れた。映画祭は映画を愛する人々のエネルギーで運営され、観客の作品に対する熱量が受賞に直結している純粋な場である。観客によって命が吹き込まれるように、作品の持つ力が変化していくのを実感しながら、『少女』はグランプリのみならず観客賞をいくつも受賞した。こうして数ヵ月近く一本の作品と監督に同行していると、通訳することで観客から投げかけられる様々な視点からの問いや、それに対する監督の答え、意見や想いが反芻されて、作品への理解もこよなく深まる。父は監督すると同時に主演もしていたので、俳優・奥田瑛二の仕事の裏側とスクリーンの表側も観察することができた。もちろんエロティックなシーンも多々あったが、一八歳なので目と耳も解放して作品を鑑賞すること数十回目、二度目の電撃ショックが訪れた。

ギリシャのテッサロニキ国際映画祭の帰り、父は日本へ帰国し、私は一人でロンドン行きの小型飛行機に乗っていた。機内後方座席の窓から小さく離れゆくテッサロニキの街と、目に滲みるような鮮やかなブルーの海を見ていたら、『少女』のワンカット、ワンカットが走馬灯のように蘇り、スクリーンに映る日本の夏の青空と、奥田瑛二演ずる主人公・友川の切ない顔が浮かんだ。気づけばポロポロと涙がこぼれ始めて、もう友川の顔に父の顔は重なっておらず、そこには奥田瑛二もなく、ただ純粋に映画の中に生きる主人公がいた。涙は嗚咽に変わり、客室乗務員さんが飲み物を持ってきても返事すらできない状態だった。きっと大失恋をした少女に映っていたことだろうが、大失恋どころか、私が映画と結ばれた瞬間であった。

映画の現場という裏側で、監督としての父の背中を目撃してはじめて心底尊敬した。俳優・奥田瑛二の仕事を知り、映画祭という場で観客の映画愛を目の当たりにし、気づけば映画界を三六〇度、しかも立体的に体験していた。これによって視界が一気に開け、心の鍵が開いたのだと思う。以降、映画に対する一方的な恋心は愛に昇華し、愛に理屈はなく、私は、つまらないと感じた映画も、苦手な映画も、まだ観ていない映画さえも、全ての映画を愛しはじめた。「映画」という仕組み、装置自体を愛しているのかもしれない。

ところで不思議なことに、この父であり「俳優・奥田瑛二」を客観視するスイッチは一度発動したら、後に俳優になった妹にも対応した。なので、妹に関しては、はなから混乱することなく彼女の作品に感情移入が可能である。

映画祭巡りから数ヵ月後、ロンドンから一時帰国した私は、勇気を出して父に大切な話があると切り出し、「映画監督を志します」と宣言した。答えは「わかった」の一言。ようやく映画と真っ直ぐに向き合うことを自分に許した私は、様々な作品に観客として出合うようになった。

全ての映画を愛することは、全人類を愛することと似ている。一本一本の作品を善し悪しで見てしまえば、優劣が生まれて愛から離れるが、その神髄を愛していることに気づいた時から、私は映画愛に目覚めたのだ。父の会社が倒産しかけた経験もあって、この業界で恰好つけても仕方ないと思った。映画を作りたいのに突っ張っている場合じゃない。映画愛に目覚めたのと同時に、素直に父を師と仰ぐ姿勢も整い、以降、監督・奥田瑛二は我が師匠である。

物心ついた時から父の隣で絵を描いていた私の視点は、奥田瑛二の目線と重なる。DNAと環境のなせる業なのか、ワンカット、ワンカットを繋いでゆくリズムも全く同じ。この編集リズムは生理的なもので、呼吸に似ており、編集マンや周囲のスタッフが取るリズムよりもいつも半拍遅い、吸気のタイミングで私たち親子は「間」を取る。画づくりもシンメトリーが大好きで正面から捉える癖があり、また俯瞰(ふかん)の画に対する特別な想いもある。色彩に関しても原色を重んじるがゆえ、特に力強い「赤」を意識して排除している。劇中での衣装や画に収まる風景の中で、できる限り排除することで、ここぞという場面で「赤」は視覚的に印象付けるだけでなく、時には意味さえ持ち始める。「赤は血の色、生きるという色」という台詞を書いたことがあるが、生を表現し命を吹き込む色だと思っている。

映画は一秒二四コマのフィルムで撮影された「画」が連なって構成されているものなので、制作の感覚は幼少期に絵を描いていた頃からあまり変わっていない。脚本の執筆時から撮影に入る際も、映像作品より写真集や写真展からインスピレーションを得ることが多く、画をフレーミングして収める際、ひとコマひとコマが心の「窓」だと思って撮影をしている。

家の窓から見える建物と、その先に背景パネルのように在る山々に空。時々、手元の日常から目を上げて、ふと私と世界との関係を想うことがある。窓のない部屋は箱でしかない。ただの箱は、窓ができるだけで外の世界との繋がりを持ち始める。映画の中では、画角の中に窓があるだけで内と外が表現できることになる。撮影においては明かり取りであり、映画を映画たらしめる光と影において、どう扱うかで随分と印象が変化するものだ。

幼少期の写真に対する執着をはじめ、学生時代にも写真をやっていたことがあり、「画を切り取る」という感覚が強いのかもしれないが、私は日常生活でも無意識に頭の中で常にシャッターを切っているのだと気がついた。室内で直線になっている箇所が多ければ、直線をフレーム内にどう配置するかということばかり考えてしまう。フレーミングする際に空間との距離を取ったり、存在するモノの大きさを測るのだ。

天も地もない真っ白な空間に線が引かれ、モノが配置され、初めてそこは三次元になる。空間を測ることで、今ここで生きていると実感し、安心するのかもしれない。「画を切り取る」瞬間は、時間という線を切り取って「次に行く」感じも気持ちがいい。点が線になり、「今」が「過去」になるリズム感だ。フレーミングしていくことで時間や物事の整理がつき、今を未来から逆転した視点で覗くこともできる。

全ては心の内側に存在するという考え方があるが、私にとって室内の窓を切り取って撮影することは、そのシーンの登場人物の内面、心を表現していることになる。

全ての人に心がある限り、映画の中の窓の姿は、自動的に観客の心と呼応しているはずなのだ。スクリーンの中、レースのカーテンが風に揺らぐと、私の心もつられて揺れて、動いたりする。

なりふりかまわず

求人・時給二〇〇円！　そう聞いて「はい！」と即答、挙手をする人はなかなかいないだろう。しかし一枚ベールを剝がせばこんな現実も、ころころ転がっているのが日本である。

九年弱にわたる海外留学の幕を閉じると決心し、青春時代を共に過ごした友や、家族同然にお世話になった方々に別れを告げて帰国。成田に到着して三日後、私は調布の日活撮影所に立っていた。広い敷地内に灰色の大きな箱型スタジオが立ち並び、厳しい表情に職人気質を纏ったおじさんたちが行き交っている。華やかさとはかけ離れた寒々しい空気感に、一歩進むごとに緊張が増してくる。どんなスタッフに出会うのだろう、日本での挨拶の仕方ってどうだったっけ、笑顔で「ＨＩ！」、ハグ＆キスではないことは確かだ。ガチガチに固まり、キンキンに冷たい手足を感じながら、指定された会議室に入るとズラリ、愛想のない男たちに出迎えられた。

「本日からお世話になります、安藤桃子です」

威圧感に喉が締め付けられて、蚊の鳴くような声だったのを覚えている。この日、助監督の下っ端のさらに下、見習いとしてチーフ助監督Kさん率いるチームに〝入隊〟させていただいたのだ。当時の撮影現場は、男性社会の縮図。まだまだ衣装部やメイク部にしか女性がおらず、演出部を希望する女子は片手で数えられる程度だった。日活の撮影所に足を踏み入れたこの時を境に、世界は反転。三日前まではニコニコ笑顔で、アイディアや意見があれば積極的に発言し、分からなければ即座に質問して学んできた日常も一変、九年かけて培った自己表現を再び封印することと相成った。

日本の現場は笑顔を好まない。見習いが愛想良く笑っていると、「へらへらしてる場合じゃねぇ！」と怒られるし、緊張感がすごくて顔面凍結。分からないことを聞けば「人に聞くな、テメエで考えろ！」、上司に呼び出され「何故こうなった⁉」と聞かれて意見を言えば、「おまえの意見なんぞいらねぇ！」と、火に油を注ぐ事態に。先輩のしくじりは自分のしくじり、罪は上から下へと降りてくる新常識。やらかしたことが大きいほど、謝罪する人数も多いほうがいいと、何度謝罪メンバーに駆り出されたことだろうか。しまいにはドアを開けた瞬間、膝から飛び込む「スライディング土下座」なる技も身につけた。先輩のやらかしに引っ張り出されるたび、理由も分からず謝罪を続けていたが、どうせならばと、しっかり真心込め、心から申し訳ないと頭を下げた。嗚呼(ああ)、美しき連帯責任、土下座も見習いの大切な仕事である。このおかげで今も何か問題が起きると、どこかで「人類みなひとつ」的な、他人のやらかしも我がことのように思える私がいる。

日本の演出部における助監督システムはピラミッド方式で、トップに鎮座するのは映画監督、そこから全体のスケジュール管理をするチーフ（撮影の予算に直結する大切な役）、俳優部はじめ衣装やメイクを管理するセカンド、持ち道具（小道具）はじめ制作部とのコミュニケーション、現場のあらゆることで走り回る（カチンコを打つのも）サード、そして見習い（通称奴隷）のフォース、フィフスと続く。海外ではどのポジションも同等かつギルドが存在するため、労働時間が決められている。よってオーバーワークは発生しにくく、日本の現場ほど極度の睡眠不足もない。映画製作費もザックリと計算して、日本はハリウッドの三〇分の一と言われるほど雲泥の差があり、予算も環境も全く違う。ミニシアターでかかるような日本の独立プロダクション製作作品（安藤組も独立プロ）には、低予算かつ様々な制限の中でその枠を飛び越えようとする知恵と勢いがあるし、シネコンで上映される大作にはワクワクする豪華さがある。どちらが良いも悪いもなく、それぞれの違いがクリエイティビティとして作品に表れているだけだ。数十億円の大作と数百万円の低予算作品が肩を並べて、同じレッドカーペットを歩くことができるのが映画の醍醐味でもある。

このピラミッドの底辺からスタートさせてもらった私だが、実は助監督として作品に参加できること自体が容易なことではないので、底辺でも何でも現場に入れたことが嬉しかった。テレビも映画もオンラインも、境界線が薄れた今でこそ演出部が所属するマネージメント会社が存在するが、当時は何かしら伝手がなければ入りにくい業界。私は父が映画監督ゆえ、入らせてもらうことができたが、伝手がなかった先輩助監督なんかは、まず撮影現場に配達をする弁当屋でアルバイトを始め、弁当を受け取る制作部と仲良くなり、タイミングを見計らって助監督志望だと告白、制作部見習いからスタートして徐々に演出部へと移行した、という長いドラマもある。マネージメント会社に所属していなければ、チーフからの誘いを待つのみ。ひとつの作品は最低でも準備から約二カ月（六〇日間）実質完全無休、平均睡眠時間は二〜三時間で給料は月十数万円。換算すると、時給二〇〇円前後である。

フォースやフィフスの仕事である「あらゆる尻拭い」を経て、次の現場は人数が少なかったこともあってか、練習も兼ねて時々カチンコ（ボールドとも言う）を打たせてもらえるようになった。カメラにシーンナンバーとテイク数を書いて、後に編集で映像と音を合わせられるようカメラ前で打つカチンコは、監督の「よーい、スタート」のタイミングで「カチン！」と打つ。ちなみに「カット」のタイミングでは、音だけでよく「カチン、カチン」

と二度打ち鳴らす。どうしても最初の「よーい、スタート」でカチンコが入れられない場合（打った後に逃げ場がない時など）、〝尻ボールド〟と大声で叫んで、監督の「カット」の後、カメラが止まる前にカチンコを逆さまにして入れる。木の枝から猿の如く逆さまになってカチン、空中にブーメランのように投げ飛ばし、ぴったりカメラ前でカチンなど、伝説のサードもいたとかいなかったとか。

まずはマイカチンコをゲットして（撮影所によって微妙にサイズや色が違う）、自分の手にフィットするよう少々削ったりグリップを付けたりカスタマイズする。そしていよいよ片手で打つ練習をスタートさせるのだが、これがただ打てばよいわけでなく、書かれた情報が分かるようにカメラ前へ素早く差し出し、ブレることなく打つ、開く、フレームから消える（カチンコを引く）。上手く打てるようになるまで、とにかく何度も打ち続けるしかないのだ。新人助監督が撮影所で夜な夜な千本ノックならぬ、千本カチンコをする姿をよく見かけたが、カチンコの伝統は古く、某撮影所には深夜になるとカチンコを打ち続ける幽霊が出るという噂もあるくらいだ。

カチンコを打たせてもらえる＝映画監督に必要な知識を学べるチャンスでもある。常にシーンナンバーを知っておく必要があるので台本を読み込み、現場進行を理解する必要があるし、カチンコをフレーム内に収めるということは、カメラのレンズと被写体との距離を学べ、打った後に自分が映り込まないように芝居の範囲や見切れるエリアも理解することができる。撮影準備の段階では台本に登場するあらゆることを調べ上げ、時には取材にも出向き、いつ何時監督に質問されてもいいよう、それらの情報をまとめておく。脚本に何気なく書かれた「ブランドの口紅」という表現にも、それを持つ登場人物のキャラクターや状況を加味して、何パターンも口紅の候補を出しておく必要がある。その細やかな作業があってこそ、リアリティある作品に仕上がるのだ。カメラポジションや照明セッティングが完了するまでの長い時間、俳優の代わりにカメラ前に立ったり動いたりするスタンドイン（いわば代理）をするのも演出部の仕事で、監督によっては助監督に「芝居心を持ってやれ！」とおっしゃる方もいる。エキストラに演出をつけたり、カメラをレールで移動させる時に引っ張る役も回ってくるし、俳優の口に入っても大丈夫な牛糞を作れ！というミッションもあった。

人前で大きな声を出すのが大の苦手で、入隊初日から蚊の鳴くような声の私だったが、ある時、千人のエキストラで埋め尽くされたコンサートホールの仕切りを任された。トラメガ（拡声機）片手にステージ上から、「最後列左から一〇番目の女性、大きく拍手をしてください！　映っています！」などと指示を出していたが、五分も経たないうちに必須アイテムであるトラメガが壊れた。大規模撮影、他のスタッフは全員血眼で走り回っている状況、野暮なことを言えば回し蹴りを食らうだろう。その時、「叫べ！」そう心の指示が出た私は次の瞬間、深呼吸もせずに「みなさーん！」と大声を張り上げていた。今となっては人の一〇倍声がデカいと言われる私だが、トラメガが壊れなければいまだに蚊の鳴くような声のままだったかもしれない。助監督は声も大きくなるし、酒呑みも多く（酒癖が悪いとも言う）、宴会の仕切り方や余興、お酌もプロ並みに上達する。サードをしっかりやっておけば撮影現場において必要な知識どころか、演技も木登りも、料理も度胸も、人生において二度と使うことはないような雑学までをも身につけることが可能である。

　映画製作において最も特殊なのは、監督の言うことは「絶対」ということかもしれない。「絶対」がゆえに、監督自身に明確なビジョンがないと逆もしかり、監督の言うことを「一切、聞かない」現場もある。幸運にも私はスタッフに信頼される監督の作品に参加させていただいたので、「絶対」の法則を体験することができた。大の大人が作品に向けて身を投じ、命を燃やして完成へと一心不乱に走るのだ。

　早朝ロケ、主人公が池の淵にしゃがみ水面を覗くシーン。現場に監督が到着するや一言、「引きの画があるから、池の水面がきれいじゃないと……」。木枯らしの吹く真冬の山、水面が枯れ葉で覆われていたのである。それを聞いた演出部一同、服のまま一斉にズボズボと池に入り始め、広い水面の枯れ葉を黙々とかき集めること一時間、なんとか画に入る部分を奇麗にした。その後三時間、腰までずぶぬれ状態、パンツも凍る寒さの中、真冬の撮影は続行。今でもテレビで荒行僧を見ると、あの時の自分たちの姿を思い出す。

やはり真冬の日本海沿い、某空港でのロケ。朝から灰色の空に、雨が降ったり止んだりしていた。台本には「飛行機のタラップを降りてくる二人、〝晴れた〟空が美しい」とある。しかし天気はあいにくの雨、空港を貸し切れるのはこの日のみ。すでに予算がオーバーし始めていた現場は猛烈にピリピリしていた。午前中はヨリであればカメラに映らない程度の霧雨、なんとか人物を撮影した。昼飯を挟んで午後、いよいよ〝晴れた〟引きのカットを撮ることに。全員が「晴れろ！」と念じながら、カメラや照明などセッティング、準備をスタート。ところがどっこい、空模様は真逆の展開、雨は激しくなる一方で撮影は一時中断。雨宿りをしながら空港の滑走路を見つめる監督の怒りがピークに達し、その目には「恨み」が滲んでいた。それを見たチーフ助監督がおもむろに手に取ったのは水切りワイパー。黙々と広大な空港の滑走路の水かきを始めたのである。それに続くはもちろん、演出部一同。かけども、かけども、天から降り注ぐ水。ああ無情とは、このことである。

我々演出部は作品と監督に惚れたら最後、喜んで便器に手も突っ込むし、床だって舐(な)める。崖を転げ落ちようが、逆さ吊りにされようが幸せで、監督は「絶対」、映画の神様万歳なのである。寝なくても食べなくても常に穏やか、愛に溢れてハッピーというのは、悟りを開いた境地だろう。その次元で演出部をやれたらよかったが、二十代前半、日の出前にロケへ出発し、翌日の日の出を拝んでからホテルに帰り、数時間後にはまた出発というスケジュールを続けた現場で、最も悩んでいたのは「いつシャンプーするか」だった。寝るか、風呂かの二択に悩み、そこには一度女を捨てるか否かという意味も含まれていた。睡魔に襲われ、立ったまま熟睡する技を身につけ始めた頃、ポケットには常に飴やチョコレートを入れ、寝てはいけないタイミングになると口に放り込み、照明器具を取りつけたり、俯瞰からの撮影をする際に必須な移動式の足場であるイントレを組んだり、数十キロの砂袋を両手にぶら下げ走ったり、忍者のように道に這いつくばったり、匍匐前進したり、気づけば筋肉ムキムキ、体重は七キロ増加していた。睡眠不足は人をイライラさせ、言語能力を奪いワイルドにする。〝上から下へ〟の縦社会では、〝前から後ろへ〟とドミノ倒しのように先輩の蹴りが飛んできたし、当時は拳骨オヤジもたくさんいた。それでも徐々に信頼関係が生まれ、先輩の役に立てるようになってからは日々の全てが生命力に溢れていた。必要だと思っていた一切を捨て、なりふりかまわず没頭する自由は、草木や鳥になったようで清々しかった。今となると厳しかった先輩たちほど愛が深く、その無骨な顔を思い出すだけで目頭が熱くなる。

間髪入れず重なるように、作品から作品へと演出部を経験させていただいたが、石の上にも三年、立ったまま眠り、トイレで泣いた時代は、母と上司Kさんの言葉で終わりを告げた。

「道路脇に胡座(あぐら)をかいて三分で弁当をかき込むあなたを、もう見たくない」

三年を過ぎた頃、母が泣きながら私に言った言葉だ。その後、「何のために大学に行ったか思い出してちょうだい」と続いた。何のために大学へ行き、助監督になったのか……そうだ、映画監督になるためだった。同時期に「このままだと職業助監督になるぞ。辞めろ」とKさんに言われた。知性と理性、感性を兼ね備えたKさんは現場の空気を清々しくするチーフ助監督で、私は心から尊敬していた。そのKさんが「オレは監督になりたくて助監督を始めたけど、気づいたらプロの助監督になってた。意固地になってると、おまえもタイミングを逃すぞ」と核心を突いてきた。さらに「次の現場から来るな」と頑固な私を突き放してくれた。

息もつかずに進んできた助監督経験が、急に幕を閉じてポカンとすること一カ月。好きな時間に寝て起きて、髪の毛もいつシャンプーしてもよし、長風呂してもいい、スカートだってはけるし、化粧もできる、映画も観にいけるし、恋する余裕も時間もあったが、どうしたらいいのか分からなくなっていた。早メシの癖が抜けず、毎食五分で終わらせてしまい、これは母がいちいち注意をしてくれて、二週間の訓練で味わって食べられるように女子力を回復させた。何も考えずに街を散歩してみると、緩やかな時の流れと幸せそうな人々の姿に思わず涙がこぼれた。たった四年だが、一心不乱、常に切羽詰まっていた自分にやっと気がつき、濃密な四年間を痛感していた。人でもなく、女でもなく、ただ映画を愛して作品の完成に向けて監督を信じ、突っ走れたこの経験には、辛さの中にも「生きる」喜びが溢れていた。

この体験を基に想像が広がり、後に『０・５ミリ』のこんな台詞に繋がる。

極限に追い込まれた人の輝きは極限状態を凌駕し、自己の実存として覚醒され、それは山をも動かすこととなる。その山とは一人一人の心、〇・五ミリ程度のことかもしれないが、その数ミリが集結し同じ方向に動いた時こそが革命の始まりである。人は生と死を賭けて疾走し、意識の目覚め、刹那(せつな)の解放によって、究極の光明を見出すのかもしれない。そして、守るべき愛を見出すのである。

革命とは戦うことではなく、内なる核を見出して種を蒔(ま)き、そうすることで世界中が薔(ば)薇(ら)色に染まることだと思う。時給は二〇〇円でも咲かせたい花があれば、心身に吸収される栄養率は格段に上がる。そしていつか必ず芽吹く時が来る。

裸一貫

陽当たりの良い窓辺に居たら、向かいに座る母に言われた。「あんた、ヒゲ！」と。せっかくの日向ぼっこ、口まわりの産毛を指摘されてガッカリである。しかも続けて、「そりゃ彼氏なんかできないわ」だと。母よ御心配ありがとう、娘は産毛ごと愛してくれる人を探します。

毛の黒い日本人女性にとって、脱毛は悩みの種。昨今では全身は当たり前、夏が近づくと、見えないところも全てツルツルにしたい女性も（男性も）も多くなるという。

顔の産毛は、生やしていると化粧のりが悪いので、剃る人が多い。しかし私は、好んでヒゲ（産毛）を生やしている。口周りという敏感な場所ゆえ、剃るとチクチク、どうも気になる。実はこの口周りの産毛問題、処女作『カケラ』の劇中でも主人公の台詞で出した。剃る、剃らないの感触の違いもそうだが、それ以上に、私には産毛に対する愛おしさがある。おばあちゃんの口元に成長した産毛やヒゲを発見すると、なんだかホッコリして嬉しくなるのは私だけだろうか。そんな常日頃から大切に育ててきた産毛だが、先日、大好きな女芸人さんも、インスタグラムに口周りの産毛を大切にしていると書いていた。有名人にもいた！　ほらみろと興奮して、「芸能人もヒゲ生やしてるってさ！」と、母に言い返しておいた。

ぬけ感、こなれ感、モード、ツヤ系、くすみ系、ヌーディー、グロッシー等、メイクと言ってもそれを表現する言葉も止めどなく増加し、雑誌は春夏秋冬、一年中、最新メイクのトレンドを特集している。ヒゲや産毛の処理は女性の身だしなみの基礎作りだが、そこから以降の塗装やデザインである化粧は、ゴールのない旅、底なし沼なのである。しかも厚化粧の時代から、スッピンメイク（決してスッピンではない）、ピカソのような色とりどりのアイラインまで、顔面キャンバスの世界はいまや無限大に発展している。

ところで、私には厚化粧のトラウマがある。小学校一年生の時、小さな頃から習っていたバレエの発表会があり、クラスで好きだった男の子Sくんを招待した。初めての舞台、憧れのチュチュを着てヘアメイクもバッチリ、発表が終わると楽屋にSくんが、花束を持って来てくれた。ところが、私の顔を見るやSくん、ギョッとした表情で「お化粧してない安藤さんがいい」と言い放ち、ショックを受けた私はその日でバレエをやめた。時は一九八〇年代後半、真っ青なまぶたに付けまつげ、強烈なノーズシャドーと真っ赤な口紅の七歳児は、チュチュを着たデーモン閣下。確かにホラーである。乙女心が傷ついたその日から、私は化粧が苦手になった。今でもアイシャドーは苦手で、特にブルー系には手を出さずにきた。

海外の映画祭なんかで、オートクチュールのドレスにほぼスッピンの女優さんを見ると、上級者オーラに見惚れてしまうことがある。逆に、てきとうな服でも化粧さえすればなんとかなることもある。昔、パジャマみたいな恰好で喫茶店に出かけたら、突然五分後に彼氏が来るというピンチがあった。そこで出たのは火事場のバカ知恵。店員さんに鉛筆を借りて眉毛とアイメイクを施し、唇は歯でマッサージをして血行促進、ドーナツを注文して油をリップ代わりにしたことがある。

化粧とは、一本線を引くだけで、内から「大丈夫」という魔法がかかる、まじないなのだ。目指すは輝くオーラを纏う、裸一貫である。

成人を目前にした一九歳の私が、なりたいと願ったものは「白いゴキブリ」だった。イギリスの高校在学中から、アイデンティティのひとつである女性性に関して深く考えるようになった私は、女性特有の〝もやもや〟を作品で表現し続けていた。等身大の布人形を製作して、中身に床屋から回収したあらゆる人種、あらゆる色の人毛を詰め込み、顔には自分の写真、股間にも自分の長い髪の毛を切って貼り付け、ボディ全体を心から湧き出る言葉で埋め尽くした。石膏（せっこう）で一・五メートルほどの女性器を作り、学校の窓にぶら下げ、昼間は女性器の隙間から太陽の光が漏れ、夜になると紅く染めたトイレットペーパーを垂らすという作品もあった。……いわゆる病み期である。

男女を比較するわけではないが、女は女であることを自覚をせずに成長するのは困難だ。監督デビューをする時も、憧れの監督たちはみな男性だという事実にとても苦しんだ。老若男女が楽しむエンターテインメントの映画界は、長年男性社会を貫いてきており、当時、一般的にメジャーな女性監督と言えば田中絹代か河瀬直美くらいで、理想とする監督像はみな男性、個人的に作品も硬派なものが好きだった。男性監督に憧れて作品を撮っても、それは男性〝ぽい〟女性監督作品にしかならない。やはり、女である事実と女性性に真っ向から向き合って受け入れるほか、〝映画監督・安藤桃子〟にはなれないと感じていた。

助監督の経験を経て二四歳になった頃、絶妙なタイミングと内容のデビュー作依頼が舞い込んだ。〝女性初監督が描く女の子同士の恋愛〟というテーマだ。男らしさや硬派から最も縁遠い企画だが、女が女を、しかも女同士の恋愛を撮ることができたなら、最初の一本で〝おんなのジレンマ〟を乗り越えられるかもしれない。これだ！　と思った。そして生まれたのが『カケラ』である。

女性になりきる前の女の子の中は、とても繊細でアンバランスだ。子供だったはずが、ある時から急に女性であることを意識するタイミングが到来する。それは突然肉体が出血するように鮮明で、ショッキングでもあり、その時、女の子は少なからず嫌悪を感じるのではないだろうか。クラスの男子の目や、世間の男性の目が気持ち悪く感じられ、その違和感は心身の不調和にも繋がる。本来は蝶が羽ばたく喜びの瞬間にも、現代社会では影が差すことがある。少女の私は、この嫌悪感を無視するか、納得いくまで追求するかという極端な二択まで思い詰め、とりあえず学習院女子中等科の図書室に行き、人体の本を読みあさった。その中に、忘れがたい少年少女のヌードが表紙になった『芸術新潮』があった。

エロ本なんぞ手にしたこともない、ヌードは志村けんのバカ殿が専門だった私が、初めてエロティシズムに触れた瞬間である。この時ドキドキよりも、やはり嫌悪感が強かったのを覚えている。この少女時代の行き場のない不安が、イギリスでのストレートな作品表現と爆発への導火線だったのだと思う。その不安をブチまけた私は、自分の中のネガティブをひとつひとつ拾い上げ、嫌悪という感情に真っ向から向き合うようになった。その結果、人類に最も嫌われているであろう（国によっては食べることもあるが）、ゴキブリに着目したのだ。だって、煮ても焼いても、叩いても、人間致死量を大きく上回る放射能にさえ耐える彼らはもしかすると地球上で最強の生物なのではないだろうか。黒い姿が悪のイメージを与えているだけで、本当は最も尊敬に値する存在かもしれない。潔白を象徴する「白いゴキブリ」になりたい！　そう思い、これまた二メートル強のゴキブリの絵を描いたのだった。

あれから一〇年。今年の夏もたくさんのゴキブリ（以降G）に出会った。娘はGを見るたび「おる！」と叫び、近所に「うちはママと猫と、ゴキブリと一緒に住みゆうが」と自慢する。ここで白状すると、私はGが怖くて仕方がない。その姿を見た日には夜も眠れず、夏でも頭まで布団を被るほど。怖すぎて攻撃する気も起きず、見なかったことにするのみ。えも言われぬ恐怖の感情にいよいよおかしくなった私は、再び極端な行動に出た。本屋で

『ゴキブリ大全』（青土社）なるものを購入し、毎晩寝る前に娘とそれを読むトレーニングを開始したのだ。御陰で娘はGが嫌ではない様子で、彼らが出現すると、おののく私を脇にGの性別を決め、○○ちゃん、○○くんと命名する。そして「きっと、おなかすいてるんだよ」と、招かれざる客に気遣いまで見せるのだ。このままでは母として情けない限りだと、本気でGについて調査し、我が嫌悪感と向き合うことを決心した。

東南アジアやブラジル、アマゾンなど、Gが嫌悪の対象ではない地域もあるようだが（ペットとして愛でる場合も）、我が国日本においては一般的に恐怖か嫌悪の象徴だと言っても過言ではない。実は、私は幼少期から大の昆虫好きで、触るどころか頬ずりするほど愛している。それなのに、Gに対しては昆虫とも思えない違和感がある。これにはきっと深い理由があるに違いない。そもそも、人類誕生以前、遥か太古の三億年も前から存在し、進化の過程でその姿をほとんど変えていないGたちは、私たちの大先輩である。進化する必要がないほど完璧で強靱なのだ。生物の大量絶滅の危機にあった時も、Gの個体数はほぼ変化していないらしいということに、人間は本能的に彼らのほうが生態的に優れていると感じ、恐怖を感じるのだろうか。映画『メン・イン・ブラック』のように、彼らがいつか地球を侵略するのではないかという妄想に苛まれての恐怖だろうか。洞窟でGに群がられて死んだ祖先の記憶だ、と言う友人もいた。

様々な意見や見解に混乱し始めた私はある時、花の水を替えようとしていた。花瓶を傾けた瞬間、タンクトップの手の甲から肩まで黒い物体が駆け上がり、自分でも聞いたことのない呻(うめ)き声が口から漏れた。そう、Gの出現である。おまけに「久しぶり！」と言わんばかりの、ボディタッチまでしてきた！　この一件で恐怖のメーターが振り切れた私は、そもそものテーマが「恐怖の克服」だったことを思い出した。相手を知ろうとするあまり、本質からズレ始めていたのだ。ここで相手に当てていたフォーカスを、自分の内側へ、アプローチを一八〇度切り替えることにした。Gは、自己に潜む嫌悪という感情を引き出してくれているのかもしれない。

早速、Gを受け入れるために一時間、瞑想(めいそう)をすることにした。この嫌悪感を自分の内面にあるものだと定義して、あの黒光りするおぞましき姿を抱きしめ、愛を感じることができたなら、大成功。座布団の上に胡座をかき、背筋を正す。目を閉じ、深呼吸をして……Gを呼んでみた。目の前に現れたのは、等身大の巨大G！　妄想の中で悲鳴をあげて、もだえ続けたのは言うまでもない。この巨大なGと対峙(たいじ)すること一時間。徐々に相手の姿にも馴(な)れ、話しかけられるほどに。思わず、「あなたは、誰?」と聞くと、返ってきたのは「あなた」という答えだった。そう、巨大なGは私自身だったのだ。まさに「カフカ」である。

我々の多くは、見たくない自分を抱えて生きている。嫉妬、恐怖、怒り、悲しみなどの、辛い感情は箪笥の奥に仕舞ったほうが日常生活が楽である。忙しければなおさら、ネガティブな自分はいったん置いといて、ポジティブに切り替える。しかしそれは対処でしかないのだ。巨大なGは他でもない、私自身の恐怖心であり、箪笥の奥に仕舞われた怖がりの私がずっと、気づいてほしくて泣いていたのだ。Gが人類にとって究極のネガティブの象徴とするならば、G嫌いなそれぞれがこの奇妙な瞑想をすることによって、世界が平和にならないものだろうか。

珍妙なことを書いているようだが、しかし、これがなかなか効果があった。あれ以来、Gを見ると「お！　私のネガティブよ！」と思うようになり、遭遇した時の声にならない悲鳴は、「！」程度に。先だっては、小さな箒と塵取りではさみ取り、窓からポイとバイバイしたいのに、両手が塞がった状態で窓が開けられず、捕獲したGと見つめ合うこと数分、意外にも瞳はつぶらなのである。「私はあなたが怖いので、互いに住み分けましょう」と、娘に倣って話しかけてみてもいる。今では濡れぞうきんを上から落として、生きたまま外に逃がせるようにまでなった。毒殺されたであろう、ひっくり返ったご遺体を外で見かけると、ティッシュにくるんで土や茂みに還し、先だっては合掌もしてみたり……。Gからしたら私は巨大な怪物。叩き潰してくるかもしれない恐怖の対象だ。苦手だろうが嫌いだろうが、我々人類とGとは共存の道しかないのだ。

ホントかウソか、ゴキブリ自身は飛べることを知らないそうだ。命の危機に遭遇すると無意識に飛んでしまい、飛びながら限界を超えた自分の能力に気づくらしい。つい最近、五階の我が家に飛んで入ってきた一匹がいた。しかもこのG、床に着地せずに飛行移動するのである。立派なその姿はテカリ具合も美しく、色も上品なダークブラウンで神々しさまで放っていた。その時、ハッとした。この個体は、飛行を悟り進化を遂げたG＋、ネクストジェネレーションではなかろうか。

都会でこそ嫌われるGも、森林においては腐敗物を分解する最高の掃除屋だ。彼らに学ぶのは、我々がいかに他と不調和な文明を築き上げ、人間目線で他の生き物を見てきたかである。今一度、万物の霊長として、自他一体の心を思い出そうじゃないか。

一〇〇年後、その強靱さは科学の進歩に一役買い、進化した巨大Gを乗り物に飛び回る我々がいるかも……しれない。

出口は入り口

頭の中で繰り返し再生される映像がある。グーグルマップさながら、高知県を俯瞰から捉えたカメラがグングン引いていき、四国、日本列島、世界地図、そして大気圏を突き抜けて地球を捉え、今度は逆に宇宙から高知までカメラが寄ってくる。四国山地と太平洋に挟まれた地形によって生まれた独特な文化のもと、あたたかで隔たりのない人々を育んだ高知県民の心に火が灯(とも)れば、その熱量はいずれ周囲に伝達されて広がり、いつしかこの星全体に共振するやもしれない。そんな壮大な発想を、よしとしてくれる大らかさも、この地にはある。この土佐では、脱藩する人もいるし、太平洋を渡ってしまう人もいる。だから、私も何でもできる、そんな気がしてくるのだ。

映画にとって作り手の監督が入り口だとするなら、それを世に送り出す映画館は出口だ。この入り口と出口があってはじめて映画界は成立するが、昨今、上映機材がデジタル化してからミニシアターが激減した。劇場運営は黒字が出るまで最低三年はかかると言われ、チケットの平均料金も客席数も固定されている映画館の収入には限度がある。飲食や物販を入れずに上映だけで黒字を出すのは容易ではなく、それでも映画館を運営する、全国の映画を愛する館主は神社の神主さんのようだと思うし、美術館同様、映画館は公共の施設と捉えるべきだと思っている。この現状に対して父は長年、「俳優、監督を超えて映画人、文化人として生きろ！」と言い続け、何事も「やってみる」ことに人生の重きを置く父は、もちろん劇場運営も「やってみた」。下関市のミニシアターを受け継ぎ、「シアター・ゼロ」の館主になったのだ。

二〇〇六年に父が下関で撮った『風の外側』という作品の公開時、市内に唯一のミニシアターが閉館することになった。それを聞いて「下関が舞台の映画なのに、地元で上映できないのか⁉」と仰天し、「ならば受け継ぐ」とその場で決断。家族はまだ映画の製作費回収も終わっていない最中の即決ぶりに仰天したが、一度決めたら何を言っても聞く耳をもたないことも承知している。クランクアップから数カ月後にはみんなで古い映画館の雑巾がけをしていた。

父は本当に館主の仕事を始め、上映作品のセレクトや各配給会社への挨拶、ブッキングも自らやった。配給会社も宣伝会社もまさか奥田瑛二本人が電話をしてくるとは思わず、最初は信じられない様子だったが、本業が俳優の父は営業マンの顔も演じ切って、通常新しいミニシアターには作品を貸し渋る大手の担当者ともしっかり仲良くなった。客層や流れを摑むまでは赤字続きだった劇場がやっと黒字になった三年目、我が家の裏番長である母が一言、「出口ばっかりで、入り口はどうした、奥田瑛二！」と言い放ったと同時に、シアター・ゼロの隣に新設する商業ビルに、シネコンが入るという事態が起きた。潮時とはこのことか、全国同様、街全体の開発と変化の渦中、ミニシアターはシネコンへと切替わり、二〇一四年三月末日、父は館主を卒業した。

劇場運営の手伝いも経験させてもらった私は、いつしか真剣に「出口」に興味を持ち始め、シアター・ゼロ閉館騒動の真っ只中に全編高知ロケをした映画『0・5ミリ』が完成した。高知で先行上映をするべく、父の心を受け継ぐ形で二〇〇四年に閉館した元東映の劇場でのプレミア上映を思い立った。早速、現場視察に父娘で東京から高知へと飛んだ。閉館したビルの屋上に立ち、市街を見渡しながら思わず私は切り出した。

「奥田さん、ここから革命を起こします。だから高知に移住します」

いつもの如く「おう」と言った父は「腰を据えてやれよ」と付け足した。思い返すと「革命」とは明治維新の影響だろうか、時代劇か⁉　と自分で突っ込みたくなる。劇場閉館に心を痛めていた奥田瑛二にバトンを託された私は渾身満力、土佐で刀を抜く勢い。ところがどっこい、建物が諸事情につき使用できないと判明。県内シェア八八パーセントの高知新聞に、上映日も会場も載った直後の事態。記事を見て、楽しみにしてくださっている方々の顔が浮かんでは消える。途方に暮れた私はとぼとぼ街を歩き続け、気がつけば裏通りの物寂しい公園の滑り台に上っていた。しゃがみ込み、漫画のように頭を抱え「どうしたらいいの〜！」と叫び、天を仰いだ。できない条件が走馬灯のように脳内を駆け巡り、「無」になった次の瞬間、ふと「屋台」の文字が浮かんだ。建物がないなら造ればいい！　文字通り頭を垂れていれば先は見えず、叫んだと同時に顔を上げたので、脳味噌も心も立ち上がったのだろう。行き詰まったら強制終了、再起動が必要である。

高知にはグリーンロードというラーメン屋台が連なる場所がある。昼間は何もない道なのに、夜になるとブルーシートで囲われたラーメン屋台が何軒も出現する。仮設劇場のポップアップ！　ストリートカルチャーだ！　とばかり、高知城の麓にある城西公園に『０・５ミリ』を上映するためだけに、巨大な特設劇場を造ることにした。やると決めたらブレーキ無搭載、走りながら考えるスタイルだ。海外の移動サーカスをイメージした劇場は地元の建設会社、仮設専門会社とコラボレーションし、公園の野外ステージを利用して舞台を設置。元東映の立派なスクリーンと椅子を移設。周囲を電飾で飾った、全一六八席の期間限定「劇場０・５ミリ」が誕生し、最初のひと月で一万人を動員した。広い公園内には週末になると地元マルシェが立ち並び、時には生演奏もありで老若男女が集うビレッジのように賑わった。特設劇場が公園に出現した二カ月間で、それまで公園を通ることのなかった人々が行き交い、中高生や主婦の通行が増え、周辺の人の流れも変化した。祭りの盆踊りに自然と人々が集い共に踊るように、旗を立てると周囲の流れが変わる体験をした私は、ミニシアターが軒並み閉館してゆく中、映画館設立への想いが立ち上がっていった。こんな今だからこそ、劇場の必要性をひしひしと感じていた。映画館に馴染みのない世代も来たくなる場とは、どんなところだろう。劇場を造るなら、高知市中心街がいい。

機材のデジタル化で、上映もアナログフィルムからデータ構成されたDCP（デジタル・シネマ・パッケージ）に切り替わり、新作はほぼデジタル上映のみ。パソコンやスマホでオンライン鑑賞も可能になったこの時代、映画館の存在価値と意義はその質と体験にあると思っている。三五ミリのフィルムを映写すると一秒二四コマのそれぞれのコマの間に黒味が含まれるのだが、一二〇分の映画だったらそのうちの約四〇分、私たちは暗闇を観ていることになるのだ。何も映っていない闇の部分は人の瞬きのようなもので、この「目を閉じている瞬間」にこそ映画の精髄が宿っているのだと思う。

闇に挟まれた前後の映像を観て、一人一人の心に浮かび上がる記憶や感覚を手繰（たぐ）り寄せ、感性が刺激され感動を呼ぶ。黒味のほうに心の内なる記憶が照射されることで、スクリーンと人との対話が生まれるのだ。同じ作品を観て主人公に注目する人もいれば音楽に感動する人、カメラワークを見る人もいる。感情移入するキャラクターも違えば、泣く場面、笑う場面もそれぞれ違うものだ。私たち人間の記憶はとても曖昧で、思い出を美化することもできるし、汚すこともする。目を閉じて亡き人を想う時は、その顔よりもその人の優しさや雰囲気が蘇り、涙がこぼれるのだから。作品の本体である芸術性は映画にあるのではなく、観る者の心の内に存在し、受け取る側の感受性が豊かになればなるほど、世の作品のクオリティも上がってゆく。ちなみに、デジタル上映は信号化されているので、フィルムのように瞬きがないのだが、人間の学習能力は優れていて、一度でもフィルム上映を体験することで、デジタル上映を見る際にも脳内でフィルムの体験を蘇らせてくれるらしい。

スマホやテレビですでに鑑賞済みの映画でも、感動した作品は劇場の大きなスクリーンで観たくなるし、映画には頭ではなくハートで生きるスイッチを入れる力がある。画の本質に触れることのできる優れた環境と、劇場ごとに違う地域性と空気感、館主の愛のもと見知らぬ人々と同じ方向に心を向ける場である劇場は「映画の聖地」なのだ。

『0・5ミリ』特設劇場から三年後、ここでまた次なる合図が鳴った。

「街の中心に取り壊しまで二年放置されるビルがあるがやけど、なんかやらんかえ？」

特設劇場建設でお世話になった、地元建設会社のN社長からだった。マンションの建設まで取り壊せない古いビルがあり、地域活性化を願っている社長は、中心地に廃ビルが放置されることを懸念して何かに活用できないものかと私に連絡をくださったのだ。しかしたった二年、しかも廃ビルでのビジネス。リフォーム等、設備投資を考えたら厳しい。最初の電話では「NO」とお答えした。それから数日後、再び同社長、「やらんかえ?」は「やろや」に変わっていた。ならば「映画館を」「じゃあ全面サポートする」。土佐の男の本気の「やろや」に「NO」と答えるほど野暮じゃない。準備も含めてたった二年の映画館運営なんて、常識はずれもいいとこだ。しかしここは土佐、「何でもできる」勇気が湧く土地。最もリアルなプレゼン作戦、構想を説明するより、作ってしまえば百聞は一見にしかずの一目瞭然、街に映画館が必要な意味が言葉を超えて伝わるはずだ。

「映画人口を増やす」という目的はもちろん、劇場を中心に街が活性化することを掲げて、キネマMの構想はスタートした。「街へ映画を観に行くぞ!」という特別感も素敵だが、ちょっと時間が空いたから、通りすがりにと、習慣性を持ってくれるのが理想だ。それには、映画館へのハードルはこよなく低く、入ってみれば至極の体験、奥はどこまでも深くだ。劇場が誕生するおびさんロードは車両進入禁止で、石畳の風情ある文化的な通り。キネマMは道行く人が惹き付けられる面構えにして、劇場前でマルシェ(市場)やイベントを催して賑やかにしたい。映画に興味のない世代でもうっかり劇場に足を運んでしまうように、隣にはギャラリーもオープンした。劇場の中身は映画生来の資質を伝えるべく、フィルムとデジタルのハイブリッドで、最高の音響クオリティを整えた。

発案から立ち上げまでの短期間、全ての工程は同時進行した。ある日も突然、「正面のデザイン、明日入稿でお願いします！」と建設会社の担当者から連絡があり、驚く間もなく現場に走った。建物の前に座り込み、じっとその正面を見つめ続けること一時間。記憶の中の映画に登場する映画館の姿が重なった。スマホで何枚か建物の写真を撮ってすぐに帰宅。アナログな私は写真をプリントアウトし、その上に直接描けば寸法も大体同じだろうと、手描きでデザインを落とし込んでみた。大きなアーチに昔のキャバレーのような丸電球が連なり、ローマ字を一文字ずつ手作業ではめ込む看板、両開きの正面玄関にMの形の取っ手。二週間後、看板と建築のプロのお陰でスケッチと寸分変わらぬ正面玄関が３Dで誕生した。

全てのきっかけとなった元東映の劇場から、アルテックの巨大スピーカーと椅子を譲り受け、N社長の建設会社はじめ地域の方々と一丸、「なんとかなる」「走りながら考える」「嘘はバレる」等、土佐独特のやり方や考え方を学びながら、みんなに背中を押してもらい、時には抱きしめてもらって、高知市おびさんロードに一年半期間限定、「ウィークエンドキネマM」が誕生した。「やろや」の電話からたった三カ月のことだ。新しいことが大好きな県民性もあり、オープン初日は大盛況。キネマの前、溢れる人々の中、ビシッとした仕立てのグレーのスーツ姿のN社長が直立不動、凜々(りり)しい顔で看板を見上げていた。

誰もが楽しめるようラインナップも新作、名作、邦画、洋画を織り交ぜ、週末には地元の食文化が楽しめるマルシェの出店、ビッグバンドの生演奏と、映画館としての核を持ちつつ、常にエンターテインメントを用意した。特に、音響に貴重な真空管アンプを導入した「激音上映会」は忘れがたいのだが、このイベントが誕生したのには高知県特有の理由がある。

日本を代表する爆音祭り、よさこい開催地である高知市。祭り期間中は巨大スピーカーを搭載したトラック、通称〝地方車（じかたしゃ）〟が走り回るため、街中がズンドコ騒ぎになる。危篤患者がいる病院前もなんのその、ズンドコ陽気な音を鳴らし、踊り子たちが練り歩く様は少々ヤリ過ぎ極楽浄土。普段はクラスで大人しい子も目立つ子も、全員輝く主役になれるよさこい祭りには、観るだけでなく一度でも踊ったら後戻りはできない真夏の興奮が渦巻いている。このとんでも祭りが近づいたある日、キネマMのスタッフが困り顔で、「よさこい中、映画館は休館します!?」とやってきた。街の中心に位置するキネマM、周囲が爆音を撒（ま）き散らす中で映画上映は難しいのではないかと言う。帰省客も多い八月、ただでさえ自転車操業、かき入れ時に休館なんてありえない。脳内ハードディスクをフル回転させること三〇秒。目には目をとはこのことか、「大音量で上映すりゃあいい！」、ズンドコにはズンドコをの法則だ。〝激音上映会〟と名付けて、音楽映画を最高音質、爆音で上映することにした。熱い夏のテンションはそのまま、祭りの休憩は涼しい劇場内でいかがでしょう。

早速、音響担当のレジェンドHさんに声を掛けると、真空管アンプを用意してくれることに。強力なアルテックA7のスピーカーに加え、アナログでは最高の真空管アンプが揃えば現代ではなかなか味わえない〝生きた〟音響が完成する。私自身、こんな贅沢な音響環境はもちろん未体験、初体験。試写が始まり劇場内が暗転、上映作品の『ベイビー・ドライバー』が始まった瞬間、一撃で昇天した。全身鳥肌、心臓バクバク、車のエンジン音はじめ、人の服の擦れる微音、会話、そして音楽が3Dを超え、第六感をも刺激する6Dで目の前に飛んでくる。魂が震えるとはこのことを言う。二チャンネルしかないのに、サラウンドの魅力を超越していたのだ。大興奮した私はそのまま劇場を出るや否や、目の前に立っていた知りもしない青年につかみかかり熱弁した。魂から湧き出た言葉は時に過激である。

「君が普段どんなセックスをしているか知らんが、この激音以上の快感を得た相手が本当に結婚すべき相手だ！」

素直な青年は後日ちゃんと激音上映で『ベイビー・ドライバー』を観てくれ、ホンモノを知った青年、頬を紅潮させ、「ヤバいっす」で昇天した。本物には愛しかない。

期間限定キネマMには、四国はもちろん、広島、大阪、東京、北海道、全国津々浦々から、果てはオーストラリアからも、お客様が足を運んでくれ、第一線で活躍するアーティストやデザイナー、建築家や音楽家も訪れた。何を届けたいかが明確にあると関わる人々の間に結びつきと信頼が生まれ、人々が集まる磁場が整うのだと思う。

生きていたら苦しいことだって、いっぱいある。でも、この感覚は自分だけのものではないはずだと、映画を観ると思えたりもする。見知らぬ人々と一緒に真っ暗な中、同じ音を身体に響かせて光のほうを向く場所。映画館を出た時、いつもの街はちょっと違って目に映る。冬の冷たさが清らかさに、夏の暑さがトキメキに、憂鬱な雨は祝福に変わる。

映画で言うならキャスティングのように、魂は人生の配役を決めて生まれてくると聞いた。自分にとって最悪なことを言ってくれる人は、その経験を乗り越えられるように、嫌な役を買って出てくれた勇気ある魂らしい。大っ嫌い！なその人が、実は覚えていないだけで、わざわざ悪役を受けてくれたと思うと、なんだか泣けてくる。しまいには「ありがとう！」と叫びたいくらいである。何より、胸がスッとした。そんな見方もあるってものだ。母にこの話をしてみたら、「奥田瑛二のあれこれは、ボヤッとしていた私に学習させてくれたのか」と大きくひざを打った。

私たちは常に共振し、どこかの誰かが変化すれば、それが波となって優しく届く。この一体感を生むことが、映画の仕事だと思っている。

ここはエデン、ここはヘブン

「出会った人はみんな友だち」、そんな歌がある。娘が幼稚園で習い、お風呂場で歌っていた。そこでピンと来た私。娘にとって最初に出会った友だちは彼女を産んだ私に決まっている。「ママ!」という答えを期待しながら聞いてみた、「じゃあ、最初に出会った人は誰?」。ところが答えは「わたし!」だった。これにはハッとさせられた。そうだ、私たちが最初に出会う存在は、私たち自身。その証拠に、子供は自然と一人遊びを始める。子供たちは自己と対話する達人である。

いつ頃からだろう、この自分との対話をやめてしまうのは。時には周りに翻弄され、自己の存在すら消してしまうこともある。出来事に振り回され、自分の「外側」で繰り広げられることだけが真実だと思い、気づけば大切な感情や心を置き去りにして日々を過ごしていることもある。情報多き現代、耳を塞いでいてもニュースや噂はニュルニュルと隙間から入り込むし、様々な意見や見解が飛び交う中、自分の感性や感覚で判断をするのはなかなか困難だ。ともすれば、外の情報や他人の意見をもとに、別人格を作り上げ、虚像を生きてしまうことすらある。

スマホの写真アプリなんかもそうだ。カメラのレンズが両面に搭載され、自分の姿を確認しながら自撮りが可能になった時点で、人の「写る」という意識は大きく変化した。世間一般的な「かわいい」や「きれい」の尺度で自己プロデュースし、さらに理想に近づけるための加工も指先一本、もしくは自動で簡単にできる。美の方程式である左右対称や、母性本能をくすぐる赤ちゃん顔に寄せる加工アプリを使ってみると、確かにアラフォーだろうが、古希過ぎの母だろうが、オッサンですら可愛くしてくれる。余興としては楽しいが、鏡を見た時の現実とのギャップに心が追いつかない私は、どうも自撮りや加工が苦手である。実は鏡すら、ほとんど見ない。もはや、ただの無頓着である。

撮る側の人間としては、表面的な理想像に近づいても、それは表現としては面白くないと感じてしまう。理想通りのカットが撮影できた時はもちろん嬉しいが、予想と想像を超えた表現を目撃した瞬間、さらにそれを捉えられた時にこそ、胸の奥に花が咲くような喜びを感じる。世間で美しい、かっこいいとされる、映画やテレビで活躍する俳優陣を見ていると、彼らほど内面と対話をする仕事は他にないと感じる。感情や感覚はもちろん、肉体をも操り表現をする俳優という仕事は、内面を見ずには成り立たない。映画俳優は表現を仕事にしているが、私たち人は誰もが表現をして生きている。呼吸を止めたら肉体は死ぬが、表現も隠すことはできても止めることはできない。無表情で突っ立っていることも表現である。

父曰（いわ）く、俳優とは「人に非ず優れた者」らしいが、私は俳優の仕事の中にこそ、人としての幸せな生き方の知恵とヒントがあると思っている。良い俳優、良い演技と言われるものの基本は、観客の感情に共鳴する表現だ。台詞の一言で人の人生や価値観を変えてしまうほどの感動を与えることも可能な俳優は、ほぼ魔法使いである。その魔法を使うには、日常を生きる中で出会う出来事から引きずり出される喜怒哀楽を、逃すことなく捕まえ、より深く引き寄せ、見つめることが必須である。犯罪者の役を演じるにあたって、犯罪を犯すアホはいない（昨今の芸能界に対する嫌味、ではない）。

私たちは日常に起きる嫌なことや苦しいことは、可能であれば遠ざけたり突き放したり、無視したいものだ。これに対して真逆のアプローチを行うのが俳優である。起きた出来事から生まれた感情を大切に見つめることで、例えば、犯罪を犯す苦しみや悲しみに歩み寄り、表現に深みを与えるのだと思う。

時々、絶望的に悲しい映画のシーンで何故か胸があたたかくなり、涙がこぼれることがある。究極の〝良い俳優像〟とは、苦しみや悲しみさえも抱きしめ、愛を持って希望に繋ぐ、その先を表現して届ける人だ。孫が生まれてジイジになった俳優・奥田瑛二を見ていると、「人に非ず優しい者」だと、娘は思う。

我が国の安倍晋三元首相は映画好きだと聞いたことがある。世界の大統領や首相が映画監督ならば、今、何を撮り、どんなエンディングを目指しているのだろうか。できれば子供たちが主人公の、ハートフル冒険ファンタジーにしていただきたいが、私としては、世界中の一人一人が人生の監督であってほしいとも願う。ホラー、恋愛、ヒューマン、バトル、時代劇と、監督にはそれぞれ得意なジャンルがある。各国の代表が得意な作品に国民が合わせるよりも、一人一人が人生の監督として、心あたたまるドラマを日常に表現することができたら、この星は安泰である。

我々大人も、かつてはそうだったように、一人何役もこなし自分の世界を描く、一人遊びの天才、子供たちは皆、素晴らしい俳優だ。過多な情報で何を信じてよいのか分からなくなった時こそ、自分の感覚の源である心に耳を澄ましてみようと思う。子供たちが感性のまま素直に言葉にするように、今、好きだと感じること、心地いいこと、あたたかく感じる中に、本当の自分の姿がある気がしている。苦しい時には、〝最初に出会った友だち〟の声を聞き、友だちを優しく抱きしめてあげたい。

どんな体でも、環境でも、生まれてきた全ての命に共通するのが感性であり、心だ。植物も太陽のほうへ、光の差す方向へと伸びてゆき、命はみな、明るいほうへ進むのが本来。

〝ＥＡＲＴＨ〟のＥとＨの間には「ＡＲＴ」があり、Ｅはエデン、Ｈはヘブンなのだと気がついた。誰もが望む、明るい地球の未来への答えは「ＡＲＴ」！　その想像と創造にあり、これこそ人類が持って生まれた才能なのだと信じている。

あとはたのんだ

八年間の在宅介護を経て祖母を看取った時から、浮かぶ映像がある。私の背には脈々と繋がる祖先たちが今でもそれぞれの時代を生き続けていて、そこに祖母も加わるという画だ。巨大なスクリーンが背景となって、人生のドラマが連なって投影されている。映る人々が永遠に続くマーチのように、空高くまで続いているのだ。自分の背後を誰もその目で確認することができないのだから、本当に祖先たちは背中で見守ってくれているのではないかと、幼少期から想像してきた。決して背後霊とかではなく、誰に教わったのでもなく、なんとなく祖先とはそんな存在なのではないかと、漠然と思うのだ。

「明日生きていられたなら、神様のプレゼントと思ってお過ごしください」と医師から告げられ、危篤状態を繰り返し、医者が駆けつけると復活するということを八年間続けて生きた祖母は、シヌシヌ詐欺だと冗談まじりに言われていた。本当に帰らぬ人となった日も、きっと大丈夫だと思っていた。友人とディナーの約束があり、メニューを開いたとたん電話が鳴り、急いで実家に戻った私だったが、この夜は奇跡的に家族全員が揃った。人一倍食いしん坊の祖母をなんとか延命させようとした我々は、祖母の好物を思いつく限り叫び立てた。「ステーキ！　天ぷら！　お寿司！」、好物を言うたびに血中酸素濃度が上がるので、しりとりのように和、洋、中、仏、伊、韓の食の世界ツアー。しまいには父がキッチンから鍋やフライパンを持ってきて、カンカン、ドンチャン鳴らす始末。今でも時々祖母の好物を食べに家族で出かけるが、そのたびに祭りの賑やかさだった死に際を想い出し、みんなで泣き笑いをしている。

亡き人は、肉体を脱いでも記憶の中で一緒に生きていて、私の成長と共にその生き様を通してメッセージをくれる。幼少期には理解できなかったその想いや行動の理由が、今なら分かる。温泉旅行に出かける時も、常夏のハワイに行った時も、祖母はいつも額装された祖父の写真を、サラシに巻いて腹に抱き続けていた。愛する人と一緒にいたいという願いは、寝たきりになって朦朧としていても、「早く健(たける)さんのところへ行きたいわ」と言葉になって漏れていた。愛し愛され、夫婦仲良く生きたいというシンプルな気持ちは、離婚を経験した今だからこそ深く共感できて涙がこぼれる。

髪が黒い、目が青い、たれ目やつり目、明るい、がんこ、怒りっぽい、メソメソしやすいなど、鏡に映る姿も、自分を通して見つける感情も、きっとご先祖さまたちも感じたものので、遺伝子にも記録されているのだと思う。時代ごとに経験したドラマは違えど、心は普遍的だ。

とある晴れた日、青空にぽっこりと顔を出す高知城の天守閣を見た瞬間に鋭い衝撃が走り、ビジョンが躍り出た。高知と言えば明治維新。江戸から明治に時代が移行した、その当時の人々はどんな気持ちで受け止めたのだろう？　極端なはなし、お侍さんが「今日からちょんまげを切って、商人になれ」と言われても、「がってん承知の助」となるわけではなかっただろう。好かん奴相手に笑顔で商売するくらいなら、家族共々のたれ死んだほうがマシだ！　と思ったかもしれない。とはいえ、令和の日本でいまだにちょんまげ頭で、刀を差している人などいやしない。時代は、無理やりにでも人々を変化させ、我々もまた順応してきた。それもたった一五〇年の間に……。

土佐の人が言っていた。昭和は「モノ」、平成は「捨てる」、令和は「こころ」の時代だと。確かに昭和三〇年代後半の白黒テレビ、洗濯機、冷蔵庫の三種の神器はじめ、多くのモノが生まれ、人々が沸いた。テレビが来れば拍手で迎え、ご近所中が集まった。マイホームに車がくれば記念撮影、父ちゃんは一躍ヒーローに。新しいモノを迎えることが人生の喜びのような時代だった。平成になると、私たちはより便利を求め、あらゆる生活用品は使い捨てに。携帯電話やスマートフォンと、ポータブル製品がどんどん生まれた。平成の終わり頃には、捨てるの極み⁉　「断捨離」ブームも到来した。

ひもじく、常に蓄えておかないと生きられない時代もあっただろう、みじめで、子供には同じ思いをさせたくないと願った人もいただろう。蓄えが必要だという遺伝子の記憶が、買い占め行為になっているかもしれないし、格差の激しかった時代、生まれ変われるなら立派になりたいという想いは、３Ｋという流行語や、玉の輿、愛よりもお金という現代の価値観に繋がっているかもしれない。命がけで戦をした先人たちの記憶が、いまだに私たちの反発心や闘争心としても残っているのではないか。坂本龍馬がやりきれなかったことが、今の政治にしわ寄せとなって現れていると言った、これまた土佐の爺様もいた。

「ここまではがんばった、あとはたのんだぞ」と、息も絶え絶えバトンを渡される自分を思い浮かべる。命のバトンを託された我々は、祖先の頑張りの集大成だ。「生まれてきて良かった」きっと祖先が私たちに望むのは、その一言だけだろう。

映画は三六〇度、一人残らず主役に仕立てるメディアだ。学園ものなら生徒も主人公になるし、先生も、警備員さんも、なんなら校庭の雑草や砂の一粒でさえ、スポットライトを浴びることができる。繊細だった十代はしょっちゅう、あそこからスイカを出すが如き経験をしても、自分はなんて役立たずだろう、生まれた意味がない、そんな風に自暴自棄になることもあった。それでも、どんなに自分が最悪だと思おうが、消えたいと願おうが、我らはみな生まれた時点で聖火を手にした代表ランナーだ。どんな人もバトンを受け取り、愛を先頭で灯してゆく、最先端に生きているのだ。

第三章

太平洋からいただきます

ワイルドシティー高知

高知の市街を散歩していると「あ、これ食べられる」「お、美味そうだな」と、道端の草木に目が行く。美しく咲き誇る季節の花々を愛でるのもいいが、食いしん坊の私は小さな時から花より団子、どうしても野草や木の実に目が行ってしまう。

小学生の頃は、学校の近くの空き地で採れる小さなネギボウズみたいな〝ノビル〟に夢中だった。一度持ち帰ったら父が、まあるい先っちょに味噌をつけ、酒のあてにして喜んでくれたのが嬉しくて、毎日これでもかと大量に持ち帰り、手提げ鞄が常にネギ臭かったのを覚えている。他にも、秋にはあの独特な臭さを我慢して銀杏(ぎんなん)を拾い集め、春になると桜の花を塩漬けにした。八重桜の塩漬けが、掌(てのひら)の湯飲み茶碗の中でサクラ色に蘇る様は小さな観音様のようだ。そうして身の回りに生える草花を収穫し、食べられることに喜びを覚え、それが食卓に並ぶと家計に貢献しているようで誇らしかった。

この、花より団子魂に火を点けたのが高知県である。生活してみて徐々に気づいたのだが、高知はとにかく野草だらけで、野草料理が家庭の食卓どころか当たり前に居酒屋やレストランにも並ぶ。最近では県民食として〝イタドリ〟がスポットを浴び始めたが、実際に暮らしていると、イタドリどころではない。ヨモギ、ツクシ、ドクダミ、フキなど野草界のスターたちはもちろん、椿(つばき)の花が丸ごと天ぷらになって出てきたことも。野草知識豊富な高知県人と歩いていると、街中のそこら辺に生えている草花を効能付きで教えてくれる。一度食べられると知ってしまえば、散歩は散歩どころではなくなる。もはや道端マーケットか食べ歩き状態だ。除草剤を撒いていない広場や公園に行けば、子供のおままごとは食べる〝ふり〟ではなく、リアル野草ピクニックになる。

野草天国に暮らし始めて気づいたのが、草木の生命力が上がり森がざわつき出す四月になると、ここに生きる人々も同時にそわそわし出すということである。特に、イタドリの収穫時期になると、みんな各々の「秘密のスポット」へと飛び出し、興奮した眼で収穫している。イタドリは川辺の土手や、田んぼの周り、山あいの沢の近くなど、きれいな水際に群生しているのだが、この時期、川辺を散歩するとだいたい近所の住人が収穫済みで、折られたあとしか残っていない。私も移住してすぐにイタドリ採りを経験してからというもの、春になるとそわそわして、どこへ行っても常にイタドリの姿を探してしまうようになった。先っちょの尖った真っすぐな姿と、それを手で折った時の小気味良い、「ぽんっ」と弾ける音はたまらない。

かじるとスッパイこの野草は中心が空洞になっていて、「スカンポ」と呼ぶ地方もあるそうだ。道具を必要とせず、子供でも採れ、塩漬けにすれば保存食にもなるし、昔は子供がおやつとして道草しながら食べたそうな。何より、美味しい！のである。塩漬けにしたものを塩抜きして、油揚げなどと一緒に炒めるとシナチクかザーサイのようだし、甘じょっぱく炒め煮にしてもごはんがすすむ。生で食べると酸味と青臭さがあるが、私が一番好きなレシピはこれ。皮をはいだ生のイタドリを小口切りにし、ごま油、塩、黒糖少々、醤油、お好みでおじゃこと胡麻（これでもか！という量）と混ぜ、炊きたて熱々ごはんにどっさり乗せて食べる。この食べ方はイタドリの採れる時期限定なので、毎年四月になるとひと月、毎日のように食べ続けている。今のところ、好きな食べ物ベスト三の二位がイタドリで、一位は大根葉だ。

イタドリ採りへ繰り出して数年、ある時からイタドリに呼ばれるようになった私。イタドリの声が聴こえる、とでも言うのだろうか、山に入るとなんとなく感覚で「こっちにいる」と分かるようになった。その方向にどんどん踏み込んでいくと、必ず群生している場所に巡り合えるのだ。その時はイタドリの妖精に出会えたようで、テンションはドッカン！爆発、トキメクのである。根こそぎ採って帰るのは胸が痛むので、「採らせてくださいね」と一言、七割程度の収穫にとどめるよう心掛けている。この呼ばれる感覚は他の野草や木の実に対しても同じで、野いちごの季節には猛スピードで走行する車窓から「ピン！」ときて、車を停めて戻ると必ず道沿いに野いちごが群生していたりする。そういう時の心は、その食材に恋をしているような状態で、何をしていても常にイタドリやら野いちごのことを考えてしまう。街中で恋人を見逃さないように、野草たちのことを見逃さないのだと思う。

食欲をそそるのはイタドリや野草だけではない。枇杷(びわ)の木は実がない季節でも、その葉の持つ万能ともいえる効能を想うとワクワクが止まらないし、県花〝ヤマモモ〟は実を付ける五月、街路樹が我が家のウォークスルーおやつ代わりだ。子供が公園でちょっとした擦り傷を作った時も、近くにいたおばあちゃんがそこら辺からヨモギを摘み取り、手で揉(も)んで傷に付けてくれるし、たんこぶができた時はツワブキの葉を軽く火で炙(あぶ)って貼り付けると腫れが引くと聞き、実行した。四万十(しまんと)地方には今でも受け継がれる一生に一回飲めばいいという野草を使った秘薬があり、近所に住むおばちゃんが家族全員分作って飲ませてくれた。なんとも怪しい響きだが、私には効果抜群な気がしている。

以前、市内から車で四〇分ほどの山に野草を採りにいったことがある。そこを管理する魔法使いのようなおばちゃんKさんは、この山に暮らして三代目だと言う。いつの時代からか分からないが、この山は丸っぽ野草の宝庫になっていて、代々ここに自生する野草を食べて生きてきたそうだ。山を案内していただくと、一歩進むごとに「これは、咳(せき)や喉のイガイガに効くよ」「こっちは腹痛」「それは抗がん作用がある野草だよ」と、教えてくれる。気づけば、目の前に野いちごの群生、頭上には覆い被さるように、文旦（ぶんたん）がたわわに実っていた。頂上に向かう途中、山の湧き水を口にすると「!?」、ほんのり生薬の風味がする。そのことをKさんに言うと、山全体に把握しきれないほどの生薬が自生しているから、水もそんな味がするのかな？と言っていた。そこには完璧な自然のサイクルがあり、もちろん通年、手入れなどはなし。代々、三代、医者要らず！なんだとか。

山を下りて街に戻った数日後、家の向かいにある居酒屋の大将から、私の父にプレゼントがあるから取りにこいと留守番電話が入っていた。仕事帰りに顔を出すと、カウンターに立つ大将の顔には見事な青タン。酔っぱらって電柱と格闘して完敗。ついでに車のキーも無くして散々だったと大将、苦笑い。その青タンを見て心配した客が、土佐の日曜市で見つけた、酒呑みに効く野草茶を持ってきたそうだ。「俺より酒呑みは、おまえのオヤジだ」と、カワラヨモギのお裾分け。

昔ほどではないというが、山暮らしの人々の生活と、街の暮らしが今でも深く、強く繋がっている土佐。高知の人々はよく「みんなぁの山、みんなぁの海」と、口癖のように言う。誰の所有物でもない自然の恵み溢れる土地に暮らしていると、とりあえず食いっ逸れ（ぱぐれ）ることはなさそうだ。いっそ、街路樹や公園、校庭に植えるのは「食べられる草木」にしたらどうだろう。そして、山々にも土地に昔からある食べ物の種を蒔き「食べられる山」に。数年おきに種取りをしてシードバンクに預ける必要もない。自然界が半永久的に山ごとシードバンク化してくれるだろう。南海トラフ地震で必ず津波が来ると言われる四国地方。「食べられる山のシードバンク」が各地域にあれば、山に避難しても当面の食にも困ることがないし、平常時も近隣の小学校のフィールドワークに活用できる。最高ではないか。

高知の人々と共に立ち上げた、子供の未来を考える異業種チーム「わっしょい！」を一緒にやっている「農と生きもの研究所」の谷川さんの話だが、二十代の頃カナダで出会ったおじさんが、一緒に登山するといつも小さな巾着から種を取り出し、至る所に蒔いていたそうだ。「戻ってくる時のためですか？」と聞くと、答えは「いつか通るだろう、他の人や生きもののため」だとか。私も、いつ通るかも分からない誰かのためを想って生きていきたいものだ。

高知の秋、休耕田が目に鮮やかなピンクに染まる。使っていない田畑に地域の人々がコスモスの種を蒔くからだ。一反三〇〇〇円分の種で満開になるそうだから、なんてリーズナブルな巨大絵画。車窓からこの自然の絵画を目撃する人の一日は、きっと幸せに満ちることだろう。

いくらなら買う

何か必要だったり、欲しい物があれば我々は店に行き、買い物をする。物には通常値札がついており、その金額をレジにて支払う。これが当たり前である。しかし、そんな当たり前がひっくり返された経験がある。

高知に移住してきた当初の話だ。住まいを見つけ家具を揃えていた時、ダイニング用の椅子が欲しくて、あちこちのリサイクルショップを探し回っていた。しかし気に入る椅子は見つからず、困り果てていた時、突然出合いが訪れた。

その頃、街を知ろうと散歩を日課にしていたのだが、住宅街をテクテク歩いていると、古い家のガレージに家具が並んでいるのを発見した。ガレージの手前には小学生が作った工作のようなミニチュア家具が、夏休みの絵日記のような絵と一緒に並んでいた。薄暗いガレージには中古の箪笥やテーブル、そしてなんともレトロで可愛らしい椅子が二脚。我が家の椅子だ！　と、早速値札を探したが、どこにも見当たらない。しかも店主も見当たらない。大声で「すみませ〜ん！」と呼んでみると、奥からおんちゃん（土佐弁でおじちゃん）がひょっこり顔を出した。「いくらですか？」。すかさず値段を聞く私。するとおんちゃん、「いくらなら買う?」ときたもんだ。海外の蚤の市ですら昨今はちゃんと値札がついているものだが、お洒落に表現すればビンテージチェア、いくらなら売ってくれるのだろう。「値段はないの?」と聞いても、「いくらなら買う?」の一点張り。土佐の男は頑固なのである。それでも私が悩んでいると、おんちゃん、指を広げてパーの形に。心の中で(五〇〇〇円、二脚で一万円、少しまけてもらおうか)と、引き続き沈黙をしていると、「一脚五〇〇〇円!」だとな。安さに驚いたのなんの。しかも配達もしてくれるという。さては て、千円札と住所を渡して私はガレージを出た。

後日、配達の約束の日は雨だった。電話が鳴り家の前に出ると、ママチャリに椅子をくくりつけたおんちゃんがいた。まさか雨の中、自転車で配達をしてくれるとは……。しかも笑顔で文旦をお土産にくれた。有り難くて涙が出た。

この、「いくらなら買う?」に、それから何度も遭遇している。自宅のガレージを店にして、みんな自由に営業しているし、満月の日だけ開店するバーもある。自分のペースで好きなように、好きなものを、好きな人に売る。そして買う人も、物と一緒に売り手の人生の一部を譲り受けるような気持ちになるのが、土佐の買い物だ。

大型量販店に行くと想像することがある。大量に生産された品々も、レジに立つ人をはじめ、仕入れた人、作った人が必ず存在している。繰り返される消費税の増税のせいか、あっちの店のほうが高い、安いと値段にばかり目が行きがちで、その商品が並ぶに至るまでのドラマを忘れがちだ。むかし母が言っていた、物は捨てた時からゴミになると。良品か否かは、個々の価値観で判断することだが、どんな物でも自分の元に迎え入れる運命とご縁を想うと、愛おしく感じる。そんな風に買い物ができたら、日常は愛おしさで溢れ、必要な物が必要な人の元へと運ばれるのではないだろうか。

おんちゃんの椅子が先日壊れた。知り合いの家具屋さんに一週間入院した後、元気になって帰ってきた。そして今日も笑顔で、私の尻に敷かれている。

台所仕事

絡み付いて四方に顔を見せる姿、肉厚で白く細やかな毛が生えている姿、爽やかな香りに鋭いトゲを隠し持つもの、触れると閉じる怖がりなもの。ウンベラータ、月兎耳(つきとじ)、レモン、オジギソウ。ウチの小さな小さなベランダに生きる草木たちだ。

アフリカ大陸、マダガスカル、ヒマラヤ、南米、イタリア、日本と、原産地で見たら地球を一周してしまう。先日も食べかけのザクロを半分、そのままプランターの土に埋めてみたら、わんさか芽が出てびっくりした。専門家が見たら無茶苦茶なガーデニングだと思うはずだ。

彼ら一鉢一鉢に我が家に迎え入れた経緯とドラマがあり、毎朝の水やりや仕事の合間に眺める時、最初の出会いを思い出して愛おしくなる。植物と一言でくくることもできるが、多様なその姿への感動は尽きることなく、いつも新鮮な驚きを与えてくれる。人は人種の違いや社会での多様性を愬(うった)えている場合ではない。百合もたんぽぽも牡丹も同じ花だとは、なんという奇妙奇天烈、美しき世界だろう。

この個々様々な表情を見せてくれる植物たちと、東京から連れてきた黒猫のジンジャと共に暮らしているのだが、自宅で執筆作業をしていると誘惑だらけだ。集中力が途切れてくると風に吹かれる葉を眺めたり、猫をなでなでしたり、挙げ句には「洗濯物とりこまなきゃ」「冷蔵庫に残った豆腐どうしよう」など、無意識に考え始める自分に困る。そうならぬよう、今まではお気に入りの喫茶店で作業をしてきた。ほどよい雑音に美味しい珈琲、小腹が空いたらサンドイッチもケーキも注文すれば出てくるし、時にはお客さんの会話に小耳を立てて社会勉強することも。何より作業中の雑念が少ない。ところが最近、この喫茶店作業もマンネリ化してしまった。そうなったら仕方がない、自宅作業へ再挑戦である。

ダイニングキッチンからリビングルームが繋がっている、縦に長いワンフロアに書斎はない。気分転換には多少の改革が必要だと、思い切ってリビングにあったデスクを取っ払ってみた。どうせ雑念にまみれるならば、そのど真ん中であるダイニングキッチンに腰を据えようというアイディア。ところで我が家のダイニングテーブルは、古い戸板だった。物は買わずに出会いたい私。不用品発見レーダーが搭載されているのか、はたまた彼らに呼ばれるのか、昔から素敵な粗大ゴミに高確率で巡り合う。仕事の移動中や子供の送り迎えに、ふと寄り道したくなることがある。そんな時はだいたい、誰かが「拾っておくれ」と私を待っている。

この家に越してきた二〇一四年、ダイニングテーブルを探している時、古い戸板を譲り受けた。四本の木の脚の上に載っけたら、それなりに見えた。ちなみに、ダイニングの照明は、台風でどこからか家の前に飛んできた、これまた昭和レトロな街灯傘を拝借して使用している。剝げたペンキと錆（さび）が絶妙である。戸板テーブルは実に味があり、お気に入りであったが、なんせ戸板。隙間に子供の食べかすやゴミが挟まるのなんの。楊枝（ようじ）で掃除したくらいじゃ追いつかない。しかもそれなりに体重増加した五歳の娘がテーブルに手を置き立ち上がるたび、茶碗ごと戸板がひっくり返りそうになるから、食事どころではない。

この古い戸板を愛して六年、自宅改造のタイミングでいよいよ別れの時が来た。ここで引き寄せた粗大ゴミならぬ幸運。会合でダイニングテーブルを探していると話すと、居合わせた大工の棟梁（とうりょう）が建材の余りで作ってくれることに。ものの一週間で完成したと連絡が入り、その日の内に搬入してもらった。丁寧に梱包されたベールを脱ぐと、木材のなんとも良い香りがふわり部屋に広がった。私の戸板愛を聞いた棟梁が、杉、檜（ひのき）、欅（けやき）など、一一種類もの端材を見事に組み、美しく仕上げてくれた。

新たな仕事場をダイニングキッチンに構え、いざ仕事に取りかかる。今までの経験に学び、雑念になりそうな家事は午前中に済ませ、息抜きの言い訳になりそうな珈琲やお茶をサーモボトルに入れて完備。もちろん、おやつも常備。これで集中できないわけがない。

さて、ここからはまさにエッセイ執筆中、ルポとしてお届け致します。

朝、子供を起こす前に洗濯機を回して朝食準備。玄米雑炊を娘と食して、幼稚園へ。園児たちの漲(みなぎ)る生命力を浴び、こちらもパワーチャージ完了。家に戻って洗濯物を干し、珈琲を淹(い)れ、茶を煮だし、サーモボトルへ。ついでに昼食を仕込んでおく。昼までまだ時間があるので、ダイニングテーブルに着席、事務作業を始める。ちなみに冬場の作業スタイルは、足下暖房と湯沸かし加湿、パソコンを触っていると手先が冷えるので、指なし手袋を装着して手首にカイロを仕込みます。休憩時間のたび、キッチンに立って子供のおやつを作ったり、夕飯のおかずを作ったり。家事で脳内を切り替えるとデスクワークが捗(はかど)るなんて革命的新境地、雑念も整理すれば栄養に。黙々と自分だけの世界に入りすぎたら、時々ベランダに出て小さな世界旅行。

キッチンワークとベランダ旅行で女性の働き方改革、そんな未来も悪くない。台所があるオフィス、いかがでしょうか?

果てなき青春

七〇歳以上×四人＝二八〇歳以上のメンバー、四人のじいちゃんズに出会ったのは数年前。出会いのきっかけはジャズ喫茶だった。一人のじいちゃんがジャズ喫茶の常連で、時々顔を合わせるうちに、なんとなく話を始めた。高知と言えば文旦、小夏、柚子、みかんと、一年を通して様々な〝みかん〟が採れる柑橘天国。ひょんなことから、じいちゃんが柚子を搾った〝ゆのす〟をくれるというので私の住所を教えた。数日後、「桃子さんファンのおんちゃんが沢山います。今度ドライブに行きましょう」という内容の手紙と共に、ゆのすが届いた。このじいちゃんは携帯電話を持っておらず、昔ながらに手紙や葉書を時々送ってくれた。

その後、出張が続いた私は、喫茶店通いも一旦休憩、高知の自宅を不在にしていた。久しぶりの休日、家でのんびりお茶をしていると、見知らぬ番号からスマホに着信があった。出てみると、例のじいちゃんで、「下に着きましたよ」とのこと。はてさて!? 何か約束したかいな？

聞けば、出張で不在の間に二通、私に手紙を出したそうな。私の悪い癖だが、郵便ポストをチェックするのは月に三度ほど。慌ててポストを確認すると、あったあったよ、ありました。手紙には、「○月○日、朝、じいちゃんズ四人でお迎えに上がります、ドライブへ参りましょう」と、確かに書かれておりました。こっちの返事を待たずに、なんとまあ！とも思ったが、同時にスマホやメールでいつ何時、どこにいても連絡が取り合えることに慣れすぎていた自分も反省。

そういや昔、友だちとの約束は学校で直接もしくは実家の電話でするもので、待ち合わせ場所を間違えて途方に暮れたこともあった。近くの公衆電話を探して走り回ったり、鞄には小さな電話帳を必ず携帯していた。電車の時刻表も地図も現場でチェックして手帳に記録したり、今と比べると日常が冒険だった。あの誰かと約束をした時の、当日実際に会うまでのドキドキわくわくを思い出しながら、家の窓からこっそり、外で待つじいちゃんズを覗いてみた。グレーの車の前に、これまた全員グレーの服でグレーヘアの四人が整列している。恋人を待つような、なんとも言えない幸福感に満ちた面々を見たら、もう降参。急いで着替えて、ドライブへ行くことに決めた。

メンバーはそれぞれに趣味を持っていて、陶芸翁、画家翁、写真翁に手紙翁（ちなみに、手紙翁は写真翁に携帯電話を借りたそうな）。画家翁の運転する乗用車の後部座席で紅一点、ギュッとじいちゃん二人に挟まれて出発。初春、まだまだ肌寒い季節、窓を閉め切った車内の香りの独特さったら……ご想像にお任せ致します。

さて、ドライブといえど、どこに向かっているのやら。豊かな山々を眺めながら高速道路を走ること一時間、到着したのは山の中腹にある家だった。どうやらここには〝天才〟が住んでいるのだとか。大きな工房のような建物に案内されて入ると、そこにまた一人、新たなじいちゃんが出現。白ひげ黒めがねで、陶器の焼き物を作っている陶芸翁2である。親指サイズの鳥笛を作っているそうで、その作品を見せていただいた。ざっと一〇〇個以上は鳥笛が入っている箱を出してくださり、そのひとつを、おもむろに吹き出す陶芸翁2。「ピー！」っと、可愛らしい小鳥が鳴いたような音色がひんやりとした工房に響く。すると四人のじいちゃんズも各々、笛を手に取り鳴らし出す。それぞれに音の高低差があり、大合奏。私も一緒に、ピーヒャラピーヒャラ笛を鳴らし、酸欠で倒れる前に集団デートは終了した。

これを機にじいちゃん四人の会が発足し、後日、四人連名での手紙が届いた。「大きな丸太をチェーンソーで、人、魚、動物などに彫刻した作品を見に、ドライブへ参りましょう」とあった。今回はちゃんと、じいちゃんズの電話番号も添えてあった。

よってたかって育てる

我が人生において最も付き合いの長い友人、幼稚園からの同級生Aちゃんが四年前、高知県の山間部にまさかの移住をしてきた。私たちが通っていた学習院はエスカレーター式で、彼女とは幼稚園から小、中、高そして成人してからも、ずっと同じグループ。その仲良しグループの中でも、Aちゃんはいわゆる〝番長〟的存在で、花形スポーツであるバスケットボール部でも大活躍する、憧れの存在。正直、早生まれの私は幼少期は、ビビっていた。Aちゃん曰く「性格悪かった」そうだが……これは同意しない。性格は悪くなかったが、ちょっぴり怖がっていただけです（念のため）。しかも彼女は学校イチと言っても過言ではない裕福なお家の娘さんで、小学校高学年になったある日、都心に建つ彼女の実家に遊びにいくとバスケットボール部の彼女のために、家に体育館が建っていたほどだ。バスケットボールのゴールが電動で降りてくるのを目にした時は、友人一同から「おおお〜！」のどよめきと拍手が湧いた。

そんな彼女から久しぶりに電話があったのが四年前。開口一番「移住って、どうよ？」「いや〜、最高」。そう答えた覚えがある。それから数カ月のち、二度目の電話は「今、高知に着いた」だった。一度目の高知訪問で、到着から一時間後には移住を決めるという、さすが元番長、ホップ・ステップ・ジャンプ力。旦那さんは環境保全で注目を集めている自伐型林業（一気に大量伐採してきた今までの林業スタイルではなく、地域住民が山に入り、一本一本の木の状態を見て切ってゆくので、山の保全にもなる）をスタート。親子三人の新生活を始めた。幼馴染みが高知に住むことになるなんてまさに奇縁、である。

東京では夫婦で鍼灸院を営んでいたAちゃん。産後、ちょうどマイホームを建てるかどうか悩んでいた時、流行語にもなった「保育園落ちた」を経験し、生涯ローンを払い続けるなら、いっそ生きる〝場〟を改めてしまえ、と思ったそうな。ボットン便所もなんのその、夫婦で床を剥がし、壁を塗り、全て自分たちの手で古民家をリノベーションしたマイホームをゲット。庭で美味しい野菜も育て始めた。保育園も幼稚園も徒歩数分で、家族みんなあっという間に友だちもできて、土佐に馴染んだAちゃん。電動バスケットボールゴール付き専用体育館はないが、どこまでも走り回れる自由な人生のフィールドを見つけたのだろうか。〝保育園落ちた〟先は天国。天国は人それぞれ、一カ所ではないようだ。「ごきげんよう」と挨拶をし合っていた私たちの娘が土佐で出会い、友だちになった。子供たちが遊ぶ姿を見て、「娘たちが土佐弁でコミュニケーションをとるとは、思ってもみなかったわ」と、二人で大爆笑した。

高知のように地域ごとに個性的なコミュニティが存在する地方では、子供はみんなで育て合う感覚が強いように感じ、かつての長屋を思い起こすことがある。現在小学生の我が娘が幼稚園に通った三年間は、朝九時から一八時（遅い日は最終預かり一九時）、ほぼ週六〜七日幼稚園に通い、「毎日ずっと幼稚園や。たまには休みたいわぁ〜」と、五歳児が溜め息まじりOLみたいな発言をしたこともあった。

短期出張や夜の仕事がある場合は、仲良し三家族が持ち回りで預かってくれるという最強システムもあり、それは今でも健在だ。市内から三〇分ほど行った、畑に囲まれた家に暮らすノリちゃん一家では、四人兄弟に仲間入りで、のびのび自然児体験。お花屋さんで、家で塾やピアノ教室を開催し、商工会女性部もこなすバイタリティ溢れる上島さん宅では、二人のお姉ちゃんにかわいがられ、お行儀に勉強、ピアノまで教わり、市内で近所に住む仲良し、あっちゃん家では、ひとつ下のふうちゃんとプリンセスごっこで盛り上がり、週末のイベントにも連れ出してくれる。果てにはあっちゃんママ、みっちゃんにもお世話になっている。このみっちゃん、実はプロ並みに家事をこなす、元仕出し屋さん。あまりにとっ散らかっている私を見て、放っておけない！と、娘だけでなく、母の私の面倒までみてくれるように。「どんなに忙しくても、食べなきゃだよ！　ちょっとでいいからね」とメモ書きと共に、いつもお惣菜を届けてくれる聖母である。この料理が、ひとくち食べると「くぅ〜（涙）」と声が漏れるほど、心に五臓六腑に沁みるのだ。

他にも、週末になると親子でご飯を食べに押し掛けにいく、睦さん家もある。お庭で自然農をやっている睦さんは、いつも「あー、めんどくせえ！」と毒を吐きながらも、採れたての野菜で料理をしてくれる。私の憧れる美しい庭の主で、一緒に梅干しも作る仲良しである。向かいの居酒屋の女将さんも、週に何度も「ももこ〜！」と道路の対岸から大声で呼んでくれるし、総菜もたらふく分けてくれる。いつかこの母たちの料理本を、世に届けたいくらい。気づけば私もたくさんの母に恵まれ、娘はそれぞれの家で長女役や末っ子役を体験し、よってたかって数家族での子育て支援を受けている。

とはいえ、ワンオペで子育てをしていると、時々強い向かい風を匍匐前進するような日もある。保育園や幼稚園、みんなの存在なしで生活することを想像しただけでクラクラ。

都会ではそんなクラクラする現実を乗り越えようと文殊の知恵よろしく、互いの子を一緒に育てる〝自主保育〟が生まれた。公園などに基地を作り、自然の中で互いの子を育む自主保育の現場は、どこか懐かしいあたたかさに満ちている。逆に地方である高知には、ベビーシッターシステムや自主保育は私の知る中には存在しない。移住当初、仕事柄ベビーシッターさんのサポートが必要だと思い、探しに探したが、保育所はあるが、東京のように家に来てくれて時給制でみてくれるシステムはなかった。「保育園に落ちる」ということともなく、小学校に上がっても学童保育があるここに住んでみて、個人的なシッターさんのニーズがほぼないのだと理解した。子育てに熱心な移住者のママが、関東に住んでいた時にお世話になっていた自主保育の環境を、是非高知でも作りたい！ と言っていたが、実際、我が子を一緒に育ててくれている三家族の協力体制はじめ、高知での互いの子を見守り合う環境は、名前こそないが、自主保育とこよなく似ている。人口の少ない高知県のように、地域のコミュニティが存在している場所では、自然発生的にすでに「在る」ことを精査してみると、意外にも素晴らしいシステムが見えてくるかもしれない。

忙しくて娘と一緒に過ごす時間がほとんど持てない時期、罪悪感で落ち込んでいる私を見て、母がくれたアドバイスがある。「愛は時間じゃない、密度だ！」。一日一〇分でいい、目を見て、抱きしめ、全身全霊で我が子に集中する時間をつくり、向き合えばいいよと、伝えてくれた。私自身、両親が共働きで、母と一緒にいられる時間が限られていたが、確かに寂しいと感じたことは、ほとんどなかった。それからは、一日ひとつ、娘との集中したわくわく、楽しい時間を持つようにしている。

こころの月世界

名曲、荒井由実の「中央フリーウェイ」を聴くと爽やかな風が吹き、胸はトキメク。女子ならば一度は憧れる助手席という特等席。しかし、そんな特等席への憧れは遥か彼方の夢物語。三九歳一児の母の現実は、子を乗せ電動ママチャリを乗り回す日々である。

私は運転免許証を持っていない。移住先の高知県は暮らしに車が必須であるが、なんやかんやでこの八年間、ママチャリだけで生き延びてきた。成人したと同時に免許は取得したのだが、運転する機会がほとんどなく一〇年間ペーパードライバーを貫いた。運転しないんだから、もちろん優良、ゴールド。高額な身分証明書と化していた免許証だったが、二〇一三年、映画の撮影に没頭し、更新日を一年も過ぎた頃、ふと思い出したが、すでに手遅れ、うっかり失効。取り直そうとも思ったが、「あんたの車には乗りたくない」と、家族や友人から猛反対を受け、イジケながら諦めた。

ならばママチャリを強化し、愛すべきマイカーに育てあげ、青春夜露死苦（よろしく）、どこまでも走ってやろうじゃないか！　と、覚悟を決めた。移住当初、九八〇〇円で購入した初代愛車、水色のママチャリを友人に譲り、奮発して子供乗せ電動自転車をゲットした。頑丈な原付並みの重量のボディに、長距離走行可能の大容量バッテリー搭載。さらには傘ホルダー（大阪おばちゃん必須アイテム「さすべえ」）や、あったかハンドルカバー等々カスタマイズもばっちりで、雨ニモマケズ風ニモマケズの頼もしき新パートナーとなった。新パートナーとの信頼関係を結ぶため、クラウドくんと命名。中学生の頃にハマりすぎ、母に強制没収された「ファイナルファンタジーⅦ」のキャラクターから取った。

高知市内は東京から移住した者にしてみたら、最高のコンパクトシティだ。都会に暮らしていると、どこへ行くにも電車やバスを乗り継ぐのが常識。夜の会食が入ればタクシーを利用するし、高速で渋滞にハマることも常識。その移動距離感覚をもってしてこの地に暮らしていると、日々ミラクルの連続である。メインストリートである繁華街を中心に、ママチャリ三〇分圏内に生活に必要なほとんどが揃い、目黒からタクシーで渋谷に出る感覚で移動すれば、賑やかな街から突如美しい森や川、滝にも出合え、これはちょっとしたワープ気分。実際、真夏になると昼休みにOLの友人は川へ汗を流しに、ひとっ風呂ならぬ、ひと泳ぎするし、サーファーたちも仕事の合間に暇さえあれば海へと波乗りに繰り出している。私も七月初旬になると常に水着を鞄に忍ばせ、一〇分あれば川や海に飛び込み、秋にはコンビニでコーヒーを買って山でちょっと一服、なんてこともある。

先だって、パーソナリティを務めるラジオ番組「ひらけチャクラ！」に、「安藤さんは朝六時起床、ヨガをやって、夜は半身浴を九〇分、寝室ではアロマを焚いていそうです」と、お便りをいただいた……ほへっ!?(番組タイトルのせいだろうか)。現実は超がつくほど寝起きが悪く、朝は子供の支度でドタバタと、ヨガをするなど夢のまた夢……ワンオペにつき風呂は娘と一緒で、〝アルプスいちまんじゃく〟をしながら母娘スキンシップタイム。アロマは焚く行程をスッ飛ばしてボトルから直接クンクン嗅いでいる。ところが最近ちょっとした変化もある。脱ドタバタ生活！ と心に決めて、朝晩、できる時は一時間、静かに座って深呼吸をしている。朝には、どんな一日にしたいか幸せなイメージを描き、夜はその日を振り返り、気持ちがザラついたことがあったのならその心を、娘に「よ〜しよし」するように癒やしてみる。これがピタリとはまったようで、私が心地よいと周囲も安定し、日々スムーズに進むようになった。みんな繋がってるんだなぁ、と素直に思えて安心する。

ヨガや半身浴、エステや美容パックは叶わないが、山に囲まれて土や岩を踏むリアル岩盤浴と、ミネラルたっぷり全身海水浴、そしてスポーツジム代わりに愛車クラウドを漕げば、エステもジムも無料である。

春夏秋冬、自転車で移動していると、季節の変化を全身で感じることができる。湿度や花粉、海や山の匂いを、顔面に向かい来る風の中に読み取り、車移動では気に留めなかった天気の変化にも敏感になり、雨や風が強い日には天候に対して少し素直になって、無理して外出することも減った。少々大げさかもしれないが、街中に住みながらも自然のバイオリズムで生活することにママチャリは一役買っている。

まだ自転車にも乗れなかった子供の頃、家から近所の空き地までの距離は大冒険だった。夏、自分の背丈より高く伸びた草の中に身を隠せば、そこに生きる虫や野花と同じ目線になり、私だけの愛しき小宇宙が現れた。空き地までのルートを外れ、大通りに出た時の興奮は、大人になった今も見知らぬ街を訪れるたびに蘇る。小学生になると念願の自転車に乗れるようになり、移動距離も目にする景色もグンと広がった。身体と一体化して進む自転車は、自分の勇気と体力さえあれば、どこまでも行ける相棒だ。

そして少女の私に訪れた青い春、憧れの助手席を体験してドキドキした。一切脈無しの年上男性にトキメキ、夜の海へドライブへ連れ出してもらった時は、緊張しすぎて寝たふりをしたっけ。

成人して自立した今は、世界中どこへだって思うままに飛び回れる。高知に居たってスマホでリモート旅行、瞬時にハワイもアフリカも覗けるし、月世界旅行まで叶う時代、おとぎ話は、現実になった。すると何故だかより一層、自分の足で漕ぎ、歩きたくなる今日この頃、お年頃なのだ。

聖地

放課後の学童保育に必要な着替えを娘に渡し忘れ、届けに行った帰り道。お迎えの時間まで一時間三〇分という微妙な空白ができた。とりあえず散歩でもと歩き始めて数分後、誰かが演奏している、そう思って覗いた喫茶店。中に入ってみたが、数人で満席のちいさな店内には、へんてこな帽子を被った一目でオーナーだと分かるマスターがただ一人カウンター奥でグラスを拭いていた。どこで演奏しているのだろうと奇妙に思った。

その日は朝から打ち合わせの連続でコーヒーを飲みすぎていたので、ビタミン摂取にジュースを頼んでみた。「ないですね」の一言に続いて、「ビールなら」とマスターが顔を上げた。ここは南国土佐の国。明るいうちから一杯やるのは常識だが、残念、私は酒を呑まない。「ケーキかなにか、ありますか?」と聞けば「何もないです」。なかなか独特である。もしや、間違えて営業時間外のバーに入ってしまったのかも。困ったなと思っても、店主は再びグラス拭きに戻ってしまった。店を見回すと、アンティーク雑貨やレコードが壁にぎっしり、天井にも花やランプが所狭しと吊り下がっている。和顔のマスターを見なければ、ここはもはやパリ。会話のやり取りだけ拾えば、ぎこちなく気まずい空気だが、流れるジャズの音質が良すぎて心地がよかった。音楽に耳を傾け、リズムに身体を預ける。

急に「これしかなくて」と、目の前にミントティーが現れた。透明なグラス製のポットに生のミントとお湯、カップはモロッコグラスで、中に三粒の茶色い角砂糖が入っている。お礼を言ってカップにお茶を注ぐと、魔法のランプよろしく湯気が立ち、角砂糖がみるみる崩れ溶けた。すると、爽快かつワイルドな香りが鼻腔に届き、眉間がほぐされ開く。口をつければ、その甘さと緑に胸が満ちて、自然と肩の力も抜けていった。

「ジャズのライブかと思って入りました」

「ほとんど、当たりです」

確認するまでもない小さな店内を、改めて見回した。

「真空管アンプです」

やっぱり。

この空間はレジェンドHさんの仕事だと、即座に確信した。バックパックをキュッと背負い、いつお会いしても背筋がピンとしていて、相手がたじろぐくらい目の奥が子供のように輝いている姿が浮かび上がる。落ち着いて淡々とした口調に専門的な用語を使いながらも、感度のみで生きてきたと分かる真摯な姿勢に、出逢った瞬間惚れてしまった人だ。

期間限定の特設劇場を造った時から音づくりをお願いしているHさんは、他に類を見ないスピーカー職人であり音響技師。映画にとって命とも言える（無音も含めて）音に関して、最も信頼する職人である。しかし惚れたはよいが、相思相愛までの信頼を得るにはそれなりに時間も必要だった。

そんなHさんのご自宅を、初訪問させていただいた時を想い出す。出逢って七年目、やっとご許可が出た日のことである。

市内中心から車で約三〇分、大きな神社の麓にある古い住宅街。ぎりぎりバスが一台通り抜けられる道の両脇に瓦屋根の古い民家が続く。その中の一軒、裏手に通る水路沿いの平屋がHさんのご実家だった。

門を抜けると思わずカメラのシャッターを切りたくなるほど、愛おしい庭がお日様に柔らかく暖められていた。私から見た高知の自然はとても特徴的で、光の粒子がどこよりも大きく飛び交って見える。初めてこの地に足を踏み入れた時から、まるで木々に黄金の妖精が留まっているかのように見えて目を擦(こす)ったくらいだ。この日も庭に茂る草木には無数の光が飛び交い、戯れ、輝いていた。

築六〇年以上と思われる家の引き戸を開けると、瞬時にタイムスリップした。「大雨になると浸水するんですよ」と、低く造られた三和土(たたき)から上がったところを指差してHさんが言う。古民家改修やリフォーム、リノベーションされた家は多々目にしてきたが、この家は建てられた時のまま、ただただ丁寧な暮らしの中で手を掛けられ、愛されてきたのだとすぐに理解した。こんなにも建物自体が喜びを奏でる、美しい家を見たことがなかった。

玄関を上がり、正面の和室を開けるとHさんのお母様が座布団に座られていた。品が良く穏やかで、しかし根の強そうな銀髪のお姿は、離れたところに置かれたブラウン管テレビを見つめていた。無音に近い音量のテレビが映す画は、紙芝居みたいだ。「おじゃまします」とお声掛けとご挨拶をして、案内されるまま二階へ行く。

おやつの時間、午後三時の日差しが綺麗に入り込む部屋は襖で二つに仕切られており、手前には仏壇と机、机の上には昭和三〇年代のラジオが置かれている。奥の部屋への襖が開けられており、一面に敷かれた臙脂（えんじ）色の絨毯（じゅうたん）と、隙間無く壁に並んだレコードの数が異空間を生み出していた。神聖な空気に息を呑み、心構えが必要だと感じた私は自然と仏壇に手を合わせた。この体験の後、私はきっと次の旅に出てしまうだろう。あの襖の向こう側から帰ってくることはないのだと確信しながら、日常に尊さを感じていた。今という境界線を超え続ける、連続の刹那に在る生。私たちはたとえ立ち止まっていても、自動的に前進しているのだ。

神域に入ると、手前の部屋からは見えなかった側面は真っ黒で、在るのは左右に二つ、音の発生源となる穴のみ。壁一面のドイツ製、ジーメンスのスピーカー。宇宙のブラックホールへの扉のような壁面を前に置かれた、一脚の椅子に腰掛ける。背後のベージュ色のカーテンと木漏れ陽は、目の前の漆黒と対照的だ。アナログレコード盤が置かれて、針が落とされ、あの独特な波動で空間が変化する。

一音目で喉の奥から笑いが漏れ、同時に涙が込み上げた。その後三枚のレコード全てがかかり終わるまで、涙と鼻水が溢れ続けた。全身で涙を流す経験は祖母の葬式以来だった。一音目で空間が止まり〝スピリット〟がスピーカーから飛び出てきたのだ。そして、歌い手の純粋な魂の目的だけが残された音が波動に乗って、霧のように私の魂と細胞に至る奥深くまで、半霊半物質で入り込んでくる。今は亡き歌い手、もしくは生きていたとしても、その時その魂の声が何を届けようとしていたのかが純化して流れ入る。声の主が持つ膨大な記憶や情報が瞬く間に受信され、それにまつわるビジョンが巡る。過去、現在、未来も、創造の上では同時に存在しているのだ。魂は縦横無尽、いつでもどこでも現れることができる。

バイクのマフラー音が聞こえて止まり、喫茶店の入り口に掛かっているビーズの暖簾(のれん)がシャラシャラ鳴った。真空管アンプの波動でちょっとした白日夢に旅立っていた私が振り返ると、Hさんが立っていた。相変わらずの正しい姿勢で、小さく会釈をする。喜ぶ私と正反対、地球の裏側で偶然逢ってもびっくりしないタイプの人だ。今日はスピーカーのメンテナンスに来たそうな。さっさとカウンターの奥に引っ込んで仕事に取りかかっている。お迎えまでの時間調整のつもりが、「幸せ」と呟（つぶや）く心の声が漏れるような午後になった。

以前、この世に響かせていい音と、響かせてはいけない音とが存在すると雑記帳に記したことがある。時は私たちの内に流れるもので、瞬間にも永遠にも感じることができる。Hさんの音響でその意味を体感し、時空を超えた魂の存在を肌で感じてしまった。その空間は余すこと無く、瞬時に吾を開いてくれた。丸くて生きている、それが私たち。あの部屋のように、映画館もまた時空を超えたひと部屋の聖地だ。

「音は目に見えない。いい音かどうか分からない、違うと言われたらそれまでです。見えない音を信じてもらうしかない」と、音の人が言った。

私たちは、音が止むことのない世界で、今日も心の臓を震わせ生きている。

逆転チャンス

小・中・高と学校時代の私は、絵に描いたような劣等生だった。通っていた学校は学習院、挨拶は「ごきげんよう」。これまた絵に描いたような心優しいお坊っちゃま、お嬢ちゃまばかりだった。当時は大きないじめもなく、みな仲良く、先生のことが大好きだった。そんな中で私は、かなりの問題児だったらしい。らしいと言うのは、自覚がないからである。

そんな幸せな環境においても私は集団生活が苦手で、自分が自分たることを保つために、常に心ここにあらず、意識をどこか遠くへ飛ばしていた。そうでもしなければ、教室に座っていられなかったのだ。もちろん、意識を飛ばしていたため授業中は完全に上の空。先生に何度名前を呼ばれても気がつかず、背中を叩かれてもポカーン。「安藤さん、授業中に窓の外眺めて何を考えてたの？」と聞かれた私は、「ドラえもん」と答えたそうだ。

私にとってポカーンはスタンダード。参観日にチャイムが鳴っても一向に戻ってこず、授業が始まってから何故か黒板側の扉を勢いよくガラッ！ と開けた私は、鼻の頭に大粒の汗をかき、手には泥だらけのノビルを摑んで立っていたそうだ。皇室の方も同じクラスで、学習院の保護者からすれば前代未聞の出来事。母は身が縮むどころか、心臓が止まる思いだったようだ。確かに、あの教室中が凍り付いた瞬間は子供心にも「ヤバい」と感じ、今でも脳裏に焼き付いている。他にも小学校の六年間、見事に毎日忘れ物をした〝忘れ物皆勤賞〟だし、殴り合いのケンカや、鼻毛の替え歌で男子をからかって泣かせたりと、劣等生リストを挙げればきりがない。

そんな私も親になり、お母ちゃんになって五年目、まさかの展開が訪れた。高知県の四万十町にある影野小学校のアドバイザーの就任依頼が舞い込み、さらには娘の通う幼稚園のPTA保護者会の会長を務めさせていただくことに。

影野小学校は児童数二二名という、高知県内の小さな小学校だ。アドバイザーの依頼をお受けした直後にコロナ禍に突入し、一回目の運営協議会をどうするか検討している最中、高知新聞に「青空の下一人卒業式」という見出しを発見した。とある小さな小学校で、このご時世の対策としてサッカーゴールに〝祝卒業！〟を掲げ、プランターで花道をつくり、一人の六年生を見送るために青空卒業式が行われたという記事だった。住民約一〇〇名と自由参加で在校生も、着席の際は互いに数メートルの距離をとる形で一人の女の子を見送ったという内容で、誇らしげに花道を歩むその子の姿に「なにがあっても、大丈夫」と励まされた。卒業式が軒並み中止され、大きな学校や組織ではこの機転の利かせ方は難しいとは思うが、小さな学校ならではの、可能性を最大限に生かした明るいニュースだった。この小学校こそが、影野小学校だった。

影野小はこのままいくと二〇二二年にも統合が決まり、数年後に無くなってしまう存続の危機にある。教育委員会の方針で全校の児童・生徒数が六〇人以下の小・中学校は統合されるらしいが、小さな学校には、その人数だからこそできる素晴らしい教育環境もある。何より、過疎化が進む現在、地域の小学校が無くなることで人口減少に拍車がかかるし、衰退させるきっかけにもなる。なんとか存続に繋げたいという校長はじめ保護者、地域の方々の想いから、私に教育とは違う視点でのアイディアを期待してご依頼いただいた。これにはハッピーな学園ドラマを描くという、映画監督魂に火が点いた。

幼稚園の役員会では、コロナ禍で園の行事が軒並み開催不可能となった二〇二〇年。今までの形やルールは全崩壊。目前に迫る夕涼み会をどうするか⁉の議題からスタートした。ただ中止するのは単純すぎる。密を避け、親子で開催できないのなら、せめて子供たちの思い出に残ることをと、当日は非日常、コスプレ気分で子供たちは浴衣で登園。午前中の外遊びを笹を囲んだ盆踊りに。親が参加できぬなら、想いだけでも共有しようと、保護者のみんなで未来に向けたメッセージを短冊にしたためて飾りつけた。

入園当初、保護者会ってなんだ⁉　できればスルーしたい……が本音だった。しかし人生キテレツ、気づけば初めての保護者会で、会長になっていた。今では、こんなに幸せなら、三年間ずっと保護者会やればよかった！　とすら思う。初めての子育て、いっぱいいっぱいの日々、分からないことだらけの園生活、みんなと仲良くなりたいけど、ママ友ってどうしたらできるの⁉　そんな不安と悩みも、幼少期の劣等生のトラウマまで、保護者会を通じて一気に吹き飛び、気づけば肩を叩き合って爆笑するほど、あたたかでハッピーな会になっていた。

第一回影野小運営協議会には、先生や保護者はじめ、地域の農家さんや銀行マンまでが集まった。人が集まれば意見が食い違うことが当たり前だが、愛情あふれる先生方と共に協力し、子供たちの笑顔に繋がる学校生活を描く目的は誰も同じだ。

娘は卒園して小学校に進学したが、コロナで起きた園の改革を次なるステップへと進化させたく、引き続き会長職で幼稚園に残らせていただくことに。勉強ができなくて、周囲についていけず泣いていた私は、三九歳、喜ばしい再スタートを切った。いくつになってもやり直せると勇気も湧いた。

幼稚園で年に一度制作するアルバム集にはこんなことを書かせていただいた。

『ひとりから世界へ』

思い返せば三年前、一人娘をどんな幼稚園に通わせたいか、母として悩みに悩んでいた。生まれてたった三年しか経っていない子が幼稚園に行くということは、ある意味で社会デビュー。しっかり教育をしてくれる園もあれば、高知らしく自然体験教育もある。様々な選択肢の中、混乱をきたしていると、母に条件をひとつだけに絞るなら？　と聞かれ、「食育」と即答した。この「食育」というキーワードでトップに躍り出てきたのが、当幼稚園だ。全国的に食育で有名な九州の保育園に五回も視察に行って、給食の献立を考えている幼稚園だと聞き、大興奮した。

おしゃべりもままならぬ幼少期、家庭以外で三年間口にする食は、心身の基盤を作る成長の要である。先生が子供たちに向ける笑顔と、食への真摯な取り組みは未来へと繋がっている。この輝きが子供から親へ、親から周囲へと、果てには地球が丸ごと愛に包まれる……。そんな壮大な夢は意外にも、ひとりの健やかな子供の存在から叶っていくのかもしれない。

世界各国の人々が、食が教育の根っこだと気づき始めた。様々な国で全小・中学校の無料オーガニック給食化も始まっている。日本でも、伝統食や発酵食を前向きに取り入れた給食を出す学校も生まれつつある。命の根幹である食と教育が直結しているのはもちろんだが、人間に優しい食とは、他の生命にも優しいということ。環境問題を解決するのは難しい考えではなく、自他一体の感覚なのだと思う。私は学校という枠の中では、はみだしっ子だったかもしれないが、何を成功と言うかは人それぞれ、価値観で異なると思っている。大好きなことをしながら、日々愛を感じて生きられたら大成功じゃないか。花がいつ咲くかは誰に分かることでもなし、咲かせるよりも根を強く育てることが大切だ。強い根が張られていれば、枯れたように見えても必ずまた芽を出してくれる。できる子とは、自分が根っから好きなことを知り、自発性のある子。やらされることには限界がくるが、やりたいことには限界がない。やりたいことの芽を摘まなければ「みんな、できる子」なのだ。

日本は食に関して豊かな国だと思われがちだが、そうでもなさそうだ。東日本大震災の時、東京にいた私は、お金があっても買える品がない状況を経験した。もし今後海外からの流通がストップすれば、ファストフードやレトルト食品などは高騰する、もしくはなくなる可能性だってある。国がコロナ禍で各都道府県に判断を任せ、それぞれの地域が際立つようになった今、温暖で水が豊かな大自然があり、食に困らないという安心感が土台にある高知県は、独自のやり方で、あらゆる生命に優しい食の生産と食料自給率の見直しができるタイミングにある。過疎化が進んでいるからこそ、今を生きる子供たちを元気に育んでいければ、モデルケースにもなれる。数字で測れない豊かさのある高知は貧乏県と言われてきた。それがここ一〇年で、「一周遅れのトップランナー」ともいえる逆転劇を見せ始めている。地面が一枚の布だとするなら、一カ所が動けば全体にも反映されるはず。ミクロの変化はいずれ、全体をも動かすだろう。

私たちの生きる現代社会では、臭いものに蓋をしてきたように思う。世界が純粋なほうへと向かい、透明になろうとするほど、澱(おり)や垢(あか)は浮き出て目立つ。浮き出たものだけ見れば、その汚さに目を逸らしたくなるかもしれない。風呂のカビ掃除もそうだが、浮き出たらOK、あとは流せばよい。

子供たちの健やかな笑顔に、全ての答えは繋がっているのだ。

耕せ！　わっしょい！

高知に移住してから、我が家でも毎年春になると味噌を仕込む。母、私、娘、三代の常在菌を入れ込んだ、三代味噌なるものを作るのだが、手前味噌とはよく言ったもので、これが美味しいのなんの！　自分たちの常在菌でできているのだから不味いわけがない。

味噌づくりをすると、自分の菌と麴（こうじ）菌が会議する、ちょっと不思議な映像が浮かぶ。「安藤家にとってベストな状態」に向けて熟成するまでの間、樽（たる）の中で菌ちゃん同士が何度も会議をして仲良くなってくれるイメージだ。家族同士の「なんとなく分かる」感覚は正に菌のなせる以心伝心テレパシー、熟成した味噌を囲む家族の食卓は、腸内菌で調和するのかもしれない。そうなると地域のみんなで味噌をつくれば、そのコミュニティは腸内菌で分かり合えることになる。与党と野党の国会味噌なんていかがだろうか。

祖母がよく言っていた「味噌汁だけでも飲んでいけ」は、今では私が受け継いだ常套句だ。人は脳ではなく、腸で考えているとまで言われる時代、手づくり味噌を食べ始めてから、お腹も思考もすこぶる調子がいいのは確かだ。年に一度、一年分の味噌を仕込んで、あとは米さえあれば何とかなる安心感。日本の発酵食品の親方とも言える味噌の心を伝えていきたいぞと、定期的にワークショップも行っている。

二〇一八年、生きとし生ける全ての命の幸せを願い、全ての子供たちの笑顔と未来を考える異業種チーム「わっしょい!」を立ち上げた。有機農家、生物多様性の研究者、幼稚園の先生、福祉施設長、食育関係者、地元スーパー社長など様々な立場の約五〇名が参加し、知恵を合わせて世の中の課題をクリエイティブに解決していこうという集団だ。集会も活動も不定期だが、願いと目的を同じくする者同士で繋がり、特に規約も会費もなく、それぞれの特技とマンパワーを生かし、子供たちへの体験イベントや、未来のカタチを描く「わっしょい!マルシェ」を開催しているのだが、その活動のメインが味噌づくりイベントである。

わっしょい!として最初に行った味噌づくりは、映画とのコラボレーションだった。私の運営する映画館キネマMで「いただきます　みそをつくるこどもたち」というドキュメンタリー作品の上映に合わせて、青空のもと行った親子で味噌づくり。作品の中で子供が味噌汁を飲むシーンがあるのだが、味噌汁を啜る「ズズズ」という音に胸が熱くなり、涙したのは初体験、映画鑑賞後、体中の細胞が味噌汁を飲みたい!　とザワめいている状態で味噌づくりをするという〝味噌まみれ〟のイベントは、それぞれの目には見えない常在菌を意識しながらスタートした。子供たちに「菌は生きているんだよ」と言うと、じゃあ話しかけてみたらいいんじゃない!? との声が。映画の中にも出てくるように、「おいしくな〜れ!」の掛け声が劇場前で響き渡る。大豆の一粒一粒にも命を感じて、これまた一人の子が「なんか赤ちゃんみたいだね」と言う。そうだよ、まさにジャックと豆の木、一粒の大豆の種はかわいい赤ちゃん。味噌をこしらえる過程で、自然と人と生命の交流の意味を体感として味わった。豆を洗う時は自分自身も清められていくようで、粒の感触が愛おしい。熱を入れて煮る工程は、「種」としての大豆が「食」へ変わる瞬間。自然と感謝の気持ちが湧き出てくる。細かく潰しながら、個々の豆がひとつに和してゆき、麹と塩と合わせれば、異なるものが混ざり合い結ばれる感覚になる。最後の味噌玉づくりは、子供たちの小さな手がまさに合掌のようで、みんなの愛を込めているみたいだった。

わっしょい!のお母さんたちは毎年それぞれの家庭で味噌づくりを行っているし、ホンモノづくり一筋の四万十の井上糀(こうじ)店さんもメンバーにいる。このお母ちゃんたちの行動力たるや、ブルドーザー並みだ。アイディアが出たら、すぐに実現に向けて動き始める。最初の味噌イベントで火が点き、できるだけ多くの人に味噌のチカラをお裾分けしたい!とチームが結成され、熟練プロとして土佐の母ちゃんたちが次に挑戦したのは「ウォークスルー味噌づくり体験!」。商店街で通りすがりの試食の如く、一五分で手作り味噌を仕込んで持ち帰れるという、ほぼ情熱と勢いまかせのワンコイン体験だが、これが大盛況。

あらかじめ煮立てた大豆に麹、塩と、材料が準備されていて、専用の透明なケースに仕込むという井上糀店特製味噌づくりキットを使用。用意した二〇〇個、三〇〇グラムのミニサイズキットはあっという間に完売。商店街のど真ん中、はちきん母ちゃんたちが次々と参加者を仕切り、ズラリ並んで人々が味噌団子をこねる姿は圧巻だった。

味噌伝承計画は次のステップ「質と量」に切り替わり、わっしょい！の集会で、〝千人味噌づくり大会〟との新提案が飛び出した。その名の通り千人集まって（しかも歌いながら）一緒に味噌をつくろう！というプロジェクトだ。この発言に続き、子供たちに種から食卓までの工程を体験してもらいたいと、誰かが「大豆から作ろう」と言い出した。すると「使ってない農地がある！」「農具持っていくよ！」と、気づけば〝千人味噌づくり大会〟に向け、大豆作りから始めることに。

まずは全て手作業で畑を耕すところから始まった。本来ならクラブイベントばりの密度で音楽をかけ、歌いながら親子で耕したかったのだが、ここでコロナ禍到来。集団で集まることができないタイミング、一回目の耕耘はごく少数、中心メンバーだけで行った。

春の陽気が気持ち良い朝、わっしょい！百姓代表、生物多様性を専門とする谷川さんはじめ、事務局お母ちゃん代表ノリちゃんと我が社スタッフの宇賀ちゃん、有志の学生一〇名が集合。各々鍬やスコップを手に、まずは泥で埋まった水路に着手した。三〇年間手つかずの畑をナメちゃいけない。大人の背丈もある茅が群生するこの畑、鉄パイプかと思うほど頑強に張り巡らされた根っこと、子供を抱えるくらいズッシリした重みを感じる泥を、ひたすら掻き出す作業はライザップなんてもんじゃない（やったことないが）。これを生業として日々こなしている爺ちゃん婆ちゃんは、一体どんな肉体をしているのだろうか。百姓は力ではない、遠心力だと谷川さんが叫ぶが、一時間もすると元気だった学生たちの顔からも笑顔が消えた。ここでわっしょい！芸術＆娯楽担当、私の出番である。すかさずブルートゥースに繋いだポータブルスピーカーで、美空ひばりの「お祭りマンボ」を鳴らした。頭を垂れ始めていた学生たちも、気づけばみんなで、「わっしょい！　わっしょい！」と歌い出す。どこかの地域では、歌って耕す先人たちもいたそうな。次は巨大スピーカーを持参しようか。

耕す前に氏神様である諸木八幡宮様にご挨拶させていただいた。鳥居をくぐろうとしたら、頭上から突然「笑う門には福きたる！」と声が飛んでびっくり仰天。見上げると鳥居の横の社務所の屋根を工事していたのか、梯子の上に白髪のおんちゃんが立っていた。その唐突さとクシャクシャの笑顔にみな、福の神が現れたかと思ったほどだ。

ご神前、「この土地で命を育ませていただきます」と言うと、天から祝福の息が贈られたかのように、強くて優しい風が我らの頭を撫でてくれた。

ところでこの畑の地主ノリちゃんは、元々私の親友だ。この人、ホントにスーパーウーマン。小学生から高校生まで、四人の子持ちのシングルマザー。高知の野菜で無添加キムチを仕込み、移動販売をしている。その一日はニワトリよりも早く起床、子供たちの朝食、弁当を作り、何十キロもの白菜を洗って切ってキムチを漬け、車で高知市内を配達&販売。土日もマルシェの出店と、目まぐるしいほど働きまくり。その上、PTAやら地域の会、重複する子供の行事、部活の送り迎えと全てをこなす。そこにわっしょい!事務局ボランティア活動、さらにプラスで今回の畑の耕耘までやり始めたのだから、いつ寝ているのか、いつ休むのか、もはや人間なのか? と疑問に思うほどなのだ。ノリちゃんの口癖は「あ〜しあわせ」。いつ会っても最高のキラキラ笑顔を炸裂させ、誰かが大笑いしていると思うと、そこには必ず彼女が居る。この人に出会って、しあわせが何処に在るのか、健全なる姿を教えてもらった気がする。

今回茅ボーボー畑の見回りは、この超人間地主のノリちゃんともう一人。私の右腕、美人スタッフ宇賀ちゃんだ。

大学卒業後、東京の映画関係会社でそれなりのお給料をもらって暮らしていた美人スタッフ宇賀ちゃんは、ある時、高知の実家から送られてきた「映画監督・安藤桃子、高知移住!」の記事を読み、辞表を提出。高知にUターンした弾丸娘。トモダチのトモダチはみんな友だちとして繋がっていく高知県。宇賀ちゃんは友だち二人を介して私に繋がった。何故か弾丸娘のアンテナに舞い降りたこの人生の選択ゆえ、タオルを首に巻き、長靴履いて畑を耕す美人ちゃんである。我ら三人ムスメは農家必須アイテム、金の斧ならぬ〝金象印〟のマイスコップもゲット。山に囲まれた自然の中、畑に立ち大きく息を吸うと空気中のLPSという免疫ビタミンを肉体は取り込むらしい、との情報を耳にして元気倍増。私は助監督時代の肉体労働を思い出しながら、全身手動耕耘機と化して掘り返し続けた。掘れば出てくるミミズはもちろん、バッタに芋虫、オケラ、ネズミ、蟹と、生き物たちの多様なこと。三〇年間住んでいた宿を追い出して、ごめんね。一応ミミズにキスをしておいた。どんなに免疫ビタミンを摂取したとて、翌日指先まで筋肉痛になったのは言うまでもない。

いつも思いつきで行動する私だが、その日も美人・宇賀ちゃんを巻き込んで畑に出向いた。車で畑に近づくと、何やらすでに数人の人影が見える。なんと、示し合わせたかの如くわっしょい!中心メンバー勢揃い。プラス、見知らぬおんちゃんが一人。話を聞けば近くの若宮八幡様の総代さんで、毎年初夏に開催される「輪抜け様」という禊の祭りに使う茅を探していたところ、わっしょい!の畑に群生する茅を見かけて立ち寄ったそうな。是非譲ってほしいとのことで、メンバー同時に「喜んで!」と即答。畑わっしょい!の理想は、畑を中心にみんなが集まり地域ごとわっしょい！すること。ご挨拶した氏神様から若宮八幡様へ伝言が行ったのか⁉　なんと嬉しいプレゼント。その後も「あんたらぁ何やりゆう？」と、近所のおんちゃん、おばちゃんも通りすがりに声を掛けてくれ、ご縁と出会いが続いて気づけば老若男女勢揃い。その中に、春野地域の有志で活動する戸原未来塾の会長もいて、「機械使わんで、一生かかりそうやな！」と、ひたすら手で耕す我々を観察していたが、急にいなくなったと思ったら一五分後、西瓜（すいか）とジュースを持って満面の笑みで戻ってきた。初物の見事な西瓜を切り分けながら目を細める会長。「後世の子供たちの未来のために残していきたいものがある。子供たちの喜ぶことをやっていきたい」と語ってくれる姿とクシャクシャの笑顔を見ていたら気がついた。氏神様の鳥居で声を掛けてくれた白髪の福の神だ！　天晴、こうして戸原未来塾はじめ、春野地域のみんなと一緒に畑わっしょい！がスタートした。

畑わっしょい！プロジェクトでは、どれだけ収穫できるかではなく、フィールドワークを中心に、感じ、学ぶことをテーマに据えた。その土壌が元々持っている性質を知り、嫌われている雑草でさえ、その生命力の凄さを生かしてしまう方法を考えたり、発想や視点の転換、角度を変えて、そこで生まれたアイディアを大切に、二〇二〇年五月、高知の緊急事態宣言解除を待って、子供たちと大豆の種まき体験を実行した。

一三組の親子が参加し、それぞれに鍬やスコップ等の道具を配り、ウネを作ることから始めたが、ここでもやっぱり筋力腕力、全力でパパたちが根っこや石ころと大格闘。ちびっ子たちはミミズやオケラ、無数の雨蛙を見つけては怖がりながらも大興奮。意外とママたちのほうが黙々と作業に熱中していた。色んな種を蒔いてみて、成長の比較をしよう！と、谷川さんが用意してくれた大豆は、六種類。農作業でこんがり焼けた肌に坊主頭、眼鏡の奥で気難しそうな瞳が真剣に光る。ワイルドな見た目と裏腹、いかにもインテリらしい口調で一気に説明を始めた谷川さん。以降、顔は無表情、「が」は鼻濁音を想像してお読みください。

「在来種・固定種で有名な『エンレイ』。同じく『エンレイ』なのですが日本タネセンター試験場育成のもの。ちなみにエンレイは味噌、醤油、豆腐など広く使われる、平均的で有名な品種です。わたくしの自家採取の白大豆。この白大豆はエンレイよりも、少しまるっこくて僕は好きです。そして在来種で緑っぽく、味は青くさい感じがする青大豆『秘伝』。こちらも自家採取の、お正月に食べる黒豆こと黒大豆。シマシマ模様が可愛らしい香美(かみ)市物部(ものべ)地域の在来種『はちまき大豆』。赤いくらかけ大豆と呼んだりもします。もう一つ『元親(もとちか)大豆』。これはあの長曾我部元親から伝わったとされる小粒の黒っぽい大豆です。もしかしたら文禄・慶長の役のときの出陣で得られた朝鮮半島由来の大豆の子孫かもしれません。夢がありますね。はい、以上です」

ポカーンとする子供たちに気づいたのか、すかさず「翻訳お願いします」と私にバトンを渡すタニガワ先生。会議や委員会の仕事を専門にしている谷川さんの言葉を、子供向け言語に翻訳するのが私の仕事だ。お互いの思考回路が真逆だからこそ、広い視点を持つことができて、色々な人に伝えることができる。普段関わらないような人間同士だからこそ、描ける景色があるのだと思う。

一粒一粒の赤ちゃんを大切に大地に納め、三粒でどれだけの大豆が収穫できるか一緒に予測。群生している茅も一部円形に残し、子供たちと願いを込めて様々な種を土に混ぜ込み「ねんど団子」をこしらえた。それを手を加えずあるがままの大地に、ポーンと投げた。ねんど団子が落ちた所で、適応する種が芽を出すというこの方法は、自然農法の巨人、福岡正信さんが人生をかけて世界中に広めて歩いたもの。砂漠や干ばつの地も、一面緑にしたねんど団子。その土地に合った種のみが発芽し、そうやって育つ植物や野菜は大地に強く根付く。人が立ち入ることなく残したこの円形の場所は、子供たちと一緒に「真ん中様」と命名した。鬱蒼（うっそう）とした「真ん中様」にじっと目を凝らしてみる。すると、周囲の茅を刈り取られて逃げ込んだ生きものたちがみな、そこに集まっていた。生きものたちだけの静かな世界。手で耕すことで気づけた、小さな命の宇宙だ。

思い返せば、未来塾の会長の「笑う門には福来る！」の言葉からスタートしたご縁。その言葉が目の前に実現したような青空の日、不安な時代真っ只中に弾ける笑い声、風、太陽、草木の匂い。ここまで紡がれてきた生命と、これから先に見るだろう未来は、あたたかな命の中心にあり続けることだよと「真ん中様」が囁いた気がした。

母がいつも言う、「子育ては、その子に合った土壌を見つけてあげること」と。

子供の教育は砂漠に一粒の種を蒔くようなもの、どんな芽が出るか、何に育つのか、土壌によっては芽も出ないかもしれないし、枯れてしまうかもしれない。カボチャの種に一所懸命薔薇の肥料をあげても思うようには育たない。

何をもって成功したのかと問われれば、種が生きる幸せを感じられるかどうかだと思う。社会的な成功イコール世間で評価されること、言ってみれば地位、名誉、財を成すことだが、どんな地位についてもそれを幸せと感じず、地位を奪われることにビクビクして生きるのだったら、幸せとは言えないかもしれない。自分の運命、人生そのものを日々充実感に満たされて生きられたら幸福の成功かと思う。

家や学校などのいつもの環境にはない生き物だらけの土に触れ、自然の中に身を置くと子供たちの心が解放され、自ら「こうしたい」という方向へ、自然と動くようになる。その胸の奥にある魂の声が聴こえ始めて、文字通り自然体に還るのだ。

核家族化し、さらに外出・移動の自粛経験を通して家族が向き合う時間が増えた世の中、子供もストレスが溜まるが、ママたちも本当に大変だと思う。我が家も、今までなんとなく避けて蓋をしてきた家族間、親子間の問題も浮上して向き合わざるをえない状況だった。二〇二〇年、個々の人生において持ち越してきたことを、正面から受け取り解決するタイミングを私たちは与えられた気がしている。そんな最中に行った畑わっしょい！だが、嬉しかったのは、お母さんたちから普段と違う我が子の表情や反応を見られたという感想だ。いつもはシャイな女の子が、その日はすごく積極的だったり、最初はゲーム機に夢中で交流しなかった少年も、最後はリーダー的に振る舞い、一生懸命小さい子たちに教えていた。子供の眠っていた本質が表面化したのだと思う。

こんなことを言ったら怒られるかもしれないが、究極、勉強はいつでもできる。だけど、何でも吸収できる感性の育つ時期はわずかだ。小さなうちに、子供たちには、できるだけ様々な体験をさせてあげたい。肉体と感性でキャッチし刻まれたことは大人になっても残り、将来の成長過程で行き詰まった時の判断基準も養われる。その基準は、紛れもなく命の尊さである。将来の幸せは、机に座る時間でも、テストの点数でもなく、胸の内にある命のあたたかさが宿る場所を知っていることだ。その場所と感受性は誰にも平等に輝いていて、一切の差はないはずだから。

近年、一次産業に対するイメージを聞き取ると、キツい、大変そうという声をよく耳にする。スーパーの干物や鮭の切り身が海を泳いでいると信じる子もいるという世の中だ。土には先人たちの苦労、汗や涙も染み込んでいるだろう。高知に住むと、食卓と生産者が直結していることが多く、何万回も言ってきた「いただきます」という言葉の深さに変化が起きた。いただきます、ごちそうさまのその先に、私たちが日々食を通じて受け取る、他の命からの愛に気づいて胸がいっぱいになった。食卓の恵みがやがて血肉となり、それは捧げられた命と共に生きてゆくという、愛おしさでもある。食事をする限り、私たちは常に、生きとし生ける命たちと繋がっているのだ。美味しくて涙が出るような食事は、いつも感謝と共にあるのだと、土佐の太陽が教えてくれた。

産後数年はかなりこだわって、子供に無農薬や無化学肥料の食材だけを食べさせていた。しかし、様々な生産者さんに出会い、それぞれの想いを知っていく中で、本当に世界をより良くしたいと願うならどうすればいいのか考え始め、食に対する見方が変わった。わっしょい！は有機や自然農を基本にやっているが、農薬がダメと否定することもしない。何事も、いったん受け取り、まずは知ることが大切だと思っている。

今宵はファミレスで

このエッセイ集が完成に向けて終盤に差し掛かっていた時、編集の田中さんに言われた。

「映画『0・5ミリ』と妹さんについては書かれないのですか?」と。脱稿できたイエーイ、今日は夕飯つくらんぞ、パーティーだ! とばかり、娘を連れてローカルなファミリーレストランへ到着したタイミングでの電話。今から食べまくろう!と思っていた矢先、水を差された気分。一緒にいたスタッフの宇賀ちゃんに娘と先にレストランに入っていてもらい、私は外で電話を続けた。

「読者は読みたいと思います」

そりゃそうだと思うし、大共感である。田中さんはすごく鋭い人で、意見も指摘もいつもど真ん中を突いてくれる。大安心の大船に乗った気分で、のびのび書かせていただける環境だった。しかし、『0・5ミリ』と妹についてはどうしても書く気が起きなくて聞かぬふりをしてきたので、書いてくださいの一言に思わず「ゲッ」っと心の声が漏れて、書きたくない理由を、私はこう説明した。「俳優はスクリーンの中で輝く姿が本当の姿。妹に関しては、神社の奥の院にズケズケ上がって勝手に扉を開けて、ご神体を手に取って眺めるようなことはしたくない」と。私が書くのは本末転倒だ！　と熱くなった。

『０・５ミリ』に関しても、何度も筆を取ろうと試みたが、数行書いては溜め息が出て書く気が失せ、永遠に進まない。私は撮った作品を見返すことがなく、メイキングや現場の思い出も振り返る習慣がない。もっと言えば、撮ってる最中から次にやりたいことに思考が移行し始めるタイプだ。映画で語り切ったものを振り返り、エッセイにする意味がなかなか見つからない。困った私は妹に電話で相談することにした。すぐに電話に出てくれた妹は、ちょうど喫茶店のお会計中だった。

「あのさ、『０・５ミリ』と妹についてエッセイ書いてって言われたんだけど、全く書く気が起きなくて、どうしたらいい？」

「じゃあ、それをそのまま書いたら？　そんで、妹に相談したって書けば妹の話も書けるよ。お姉ちゃんの今のそのままでいいんじゃない」

君は天才か！

そのようにしたのが、このエッセイである。

もう限界、無理だという時は、安藤サクラに聞くのがいちばん。神社でおみくじを引くのと似ている。自分のことが分からなくなったら安藤サクラに聞くといい。

『0・5ミリ』に関しては、ひとつだけ書きたいことがある。それは、思い返そうとすると、胸がいっぱいになって涙が出てくるということだ。真壁義男先生という名前で映画に出てくるおじいさんがいて、俳優・津川雅彦さんが演じてくださった役がある。義男先生のエピソードの舞台となった空き家が、今でも高知県の香美市土佐山田町にあるのだが、私はその家に時々、挨拶に行く。誰も住んでいないその家の草がボウボウに生えた中庭に立つと、撮影時の風景が一瞬で蘇る。津川さんが腰掛けて日向ぼっこをしていた縁側、白いシーツの両端をサクラと一緒に持ってパタパタとシワを伸ばしていた角替（つのがえ）和枝さん。私の中のフィルムが再生され、愛おしい時と共に、すべてがそこに生き続けている。みんな天に旅立ったけれど、そこに立つと鮮やかに蘇る。

　フィルムに収めるということは、私にとって映画の神様に御奉納することと同じで、一度納めたら滅多にそこを開くことはない。私が『0・5ミリ』を見返さないのは、そんなにしょっちゅう泣きたくないからだ。

　今宵はファミレスでデザートを食べまくると決めている。

あとがき

高知市内にある事務所で、社員二人に挟まれて筆を執っている。背後には巨大なアルテックA7と、元日活ピンク劇場で数々の女優の吐息を奏でたJBLのアナログスピーカー。DCP（デジタル・シネマ・パッケージ）に三五ミリ映写機、劇場椅子、ポスターやチラシもある。朝方まで降っていた雨が止み、天気は晴れ。一年中ぶら下げっぱなしの、近所の風鈴がちりんちりんと風に鳴っている。事務所には大きな窓があり、斜め向かいの古いマンションの外壁が、お日様に照らされて迫って見える。マンションの奥には深い緑の山々が広がり、舞台の背景みたいだ。

このエッセイ集は、二〇二〇年一月八日から二〇二〇年六月二四日まで、『日本経済新聞』夕刊「プロムナード」という半年の連載をもとに加筆編集し、新しく書き下ろしたものと合わせて一冊にまとめさせていただいた。世界がみるみる変化してゆく最中、執筆を通して半生を振り返りつつ、今の心境と眼差しを通して書き記した。途中からは、長文の自己紹介を含めたラブレターを書いているような気持ちになっていった。

こうして振り返ると、起きた出来事に良いも悪いもなかったのだと気がついた。映画作家の視点がそうであるように、どの角度で見るかなのだ。両親、家族、先祖、友人、知人、宅急便のおじさんや通りすがりの人も、空気や水も太陽も、この一冊を手に取ってくださった皆様も、私の人生の一部、血肉であり、私も皆様の一部だ。書きたかったのは、「ぜんぶ愛」。そのひとことに尽きる。なんなら書かなくても、「ぜんぶ愛」が伝われば、わざわざ本にしなくてよい。でも、私自身がここまでの人生の経験を通して気づいた愛ならば、その半生を皆様の読む行為で共有していただき、同じ気持ちでハグし合えたら幸せだな、と考えた。

たった一年の間に書きまとめたものなのに、読み返すと随分と自分の表現が変わっていることにも気がついた。昨日と今日で物事の捉え方や視点が変化することもある毎日。怒濤のように、もしくは天地逆転する世界の情勢と同じように、個人の感じ方も刻一刻と変わっているのだと思う。

社会は今、蝶や蛾が蛹(さなぎ)の中にいる状態で、生まれ変わろうとしているのではないだろうか。虫好きの私でもアスファルトでひからびたミミズや、ゴミに集まる蠅など、不自然な場所で自然界の生き物と遭遇するとギョッとしてしまうことがある。逆にゴキブリを山で見かけりゃ可愛いもので、「よしよし」したくなる。高知県で家の神棚用に榊を買うと、山からそのまま持って来たからか、青虫さんが一緒についてくることがある。キャベツやレタスには、かなりの確率で大きな子が家ごと引っ越してくる。うっかり家に来てしまう虫たちも、その糞だけが床に落ちていたりすると、どこに誰がいるのか確認できるまではドキドキだ。姿が見えないモノに対して、人の想像力は無限大に独り歩きして、勝手にグロテスクな姿や猛毒をイメージしたり、恐怖に向かってまっしぐらなんてことも。我が家の未確認生物は大抵、驚くほど美しい若草色の可愛らしい子だ。人は素晴らしい未来を描くこともできれば、時に恐怖のどん底も描いてしまうのだと青虫が教えてくれた。地を這う虫から、空に羽ばたく姿になるには蝶も蛾も、蛹の中でいったん、どろどろに溶けるらしい。社会という繭も静かに見守ろうとしよう。自然の中へと羽ばたくその日を、心待ちにしている。

「あとがき」はエッセイをまとめきって、一カ月ほど時間があいてから執筆するというスケジュール工程にある。あとがきを執筆するタイミングには、どんな心境に立っているのか、未知だった。どの人の人生を撮っても、素晴らしい映画になると思うが、私はシナリオを書くとき、最初にゴールを決める。登場人物や作品の世界をどこに辿り着かせたいかを決め、そこに向けて物語を運んでゆくのだ。これは人生も同じだと思う。目的地を明確に決めれば、あとはそこへ向かうのみ。どんな心境だとしても、途中で困難があろうとも、ゴールが決まっていれば修正しながら勇気をもって進んでゆける。

最近私は引っ越しをした。物理的な家はそのまま変わっていないが、自分の意識を設置し直した。シナリオの書き方になぞれば、生きたい未来を先に決めて、そこに立ってしまえばよいのである。踏みしめている大地は、全ての問題が解決済みの美しい地球だ。

この地球の未来に立ち、そこからの視点で今を生きている。

当時、日経新聞の連載担当だった赤塚佳彦さんに感謝いたします。その連載が本にまとまったきっかけは、一面識もなかった高知県人の谷村鯛夢さん、加藤真理さんが私の高知での活動を日経の連載で知り、エッセイの出版を思い立って、集英社インターナショナルの田中伊織さんに連絡をしてくださったことからでした。こうして一筋の糸がつながってゆき、一冊の形になりました。これも全て、関わってくださった方々とのご縁のお陰です。

健やかなる時もジタバタした時も伴走してくださった田中伊織さん、想いのままの投球もやんわり受け止めてくださったデザイナーの有山達也さん、どんな局面もぜんぶ笑顔で、共に冒険してくれる東京と高知の女子スタッフ5レンジャー、エンドロールの主要キャストである父、母、妹、娘、そして亡き祖母、先祖代々の皆様、高知の心の家族に友人たち、日々溢れんばかりの愛と応援をありがとうございます。

最後になりましたが、この一冊を手にしてくださった読者の皆様に心から感謝を申し上げます。

二〇二一年一〇月一日

安藤桃子

本書は、『日本経済新聞』（日本経済新聞社）の連載「プロムナード」（二〇二〇年一月八日〜六月二四日）に掲載した原稿に大幅に加筆・修正したものです。

協力　谷村鯛夢
加藤真理
上山　愛
宇賀朋未

安藤桃子　あんどう・ももこ

映画監督。一九八二年、東京都生まれ。ロンドン大学芸術学部卒。高校からイギリスに留学、大学卒業後はニューヨークで映画作りを学び、助監督を経て二〇一〇年『カケラ』で監督・脚本デビュー。二〇一一年、初の長編小説『0・5ミリ』（幻冬舎）を上梓。同作を自らの監督・脚本で映画化し、報知映画賞作品賞、毎日映画コンクール脚本賞、上海国際映画祭最優秀監督賞などを受賞。二〇一四年、高知県へ移住。ミニシアター「キネマM」の代表を務めるほか、子どもたちが笑顔の未来を描く異業種チーム「わっしょい！」では、農・食・教育・芸術などの体験を通し、全ての命に優しい活動にも愛を注いでいる。

ぜんぶ 愛。

二〇二一年一一月一〇日　第一刷発行
二〇二二年　五月一五日　第三刷発行

著　者　安藤桃子（あんどうももこ）
発行者　岩瀬　朗
発行所　株式会社　集英社インターナショナル
〒一〇一－〇〇六四
東京都千代田区神田猿楽町一－五－一八
☎〇三－五二一一－二六三〇
発売所　株式会社　集英社
〒一〇一－八〇五〇
東京都千代田区一ッ橋二－五－一〇
☎〇三－三二三〇－六〇八〇（読者係）
〇三－三二三〇－六三九三（販売部）書店専用
印刷所　大日本印刷株式会社
製本所　株式会社ブックアート

ISBN978-4-7976-7404-0 C0095